Persönlich gewidmet für:

Wer nicht an Wunder glaubt,
ist kein Realist.

David Ben-Gurion
(Staatsgründer und erster Ministerpräsident Israels)

Ich danke dir darüber,
daß ich wunderbar gemacht bin;
wunderbar sind deine Werke;
das erkennt meine Seele.

Die Bibel

Wenn ich dies Wunder fassen will,
so steht mein Geist
vor Ehrfurcht still.

Christian Fürchtegott Gellert
(Deutscher Dichter, 1715 - 1769)

Günther Kunstmann

WUNDER
sind wunderbar!

**„Als Wunder wird ein Ereignis bezeichnet,
dessen Zustandekommen
man sich nicht erklären kann.
Ein Ereignis, das den Gesetzmäßigkeiten
von Natur und Geschichte widerspricht,
das es so eigentlich gar nicht geben dürfte.
Und das dann doch geschehen ist.“**

**allgemeine Definition von „Wunder“
Verfasser unbekannt**

Bibliografische Information der Deutschen National-Bibliothek:
Die Deutsche Nationalbibliothek verzeichnet diese Publikation
in der Deutschen Nationalbibliografie;
detaillierte bibliografische Daten sind im Internet über
"http://dnb.dnb.de/" abrufbar

Die Bibelzitate sind, wenn nicht anders angegeben,
der lizenzfreien Menge Übersetzung entnommen.
Fettdruck oder Anmerkungen in Klammern
ist eine Hervorhebung des Autors.

Titelfoto: © 2024 Günther Kunstmann

Herausgeber: Andra Kunstmann, Bamberg/Germany

Verlag: BoD · Books on Demand GmbH,
Überseering 33, 22297 Hamburg, bod@bod.de
Druck: Libri Plureos GmbH, Friedensallee 273,
22763 Hamburg

ISBN: 978-3-7693-0903-4

Widmungen

noch viel mehr. Ohne Dich wäre mein Leben anders verlaufen und viel ärmer.

Danke, daß Du mich erträgst und aufbaust, wenn ich Dir auf die Nerven gehe, gefrustet bin oder grade mal mit mir selbst nicht klar komme. Mir vergibst, geduldig bist, die richtigen Worte für mich findest.

Du bist ein Geschenk Gottes für mein Leben, ein Schatz im wörtlichsten Sinne, eine treue Begleiterin an meiner Seite.

Gesegnet ist der Mann der solch eine Frau an seiner Seite hat! Und das bin ich!

Ich bin glücklich und dankbar, daß wir all die im Buch beschriebenen, unglaublichen Wunder gemeinsam erlebt haben und Du nie von meiner Seite gewichen bist. Welch einen Jesus – Erfahrungs – Schatz haben wir gemeinsam bekommen und gesammelt.

Für meine Mutti:

so hab ich Dich mein ganzes Leben lang genannt und erlebt.

Du hast für mich gesorgt, getröstet, die Verletzungen verbunden, geliebt, in den Arm genommen, gebetet, mich gut erzogen, das Wort Gottes, die Bibel gelehrt, mir Jesus näher gebracht, es mir und anderen vorgelebt, heute immer noch, mit 95 Jahren.

Du bist eine treue Nachfolgerin Jesu. **Danke** für alles!

Vati ist schon 2018 zum Herrn Jesus vorausgegangen, auch für ihn, sein Glaubensvorbild, seine strenge und gerechte Erziehung und liebevolle Unterstützung bin ich Jesus unendlich dankbar.

Vati → well done, super gemacht, **Danke**.

Für die Jesus Gemeinde Bamberg:

Danke, daß viele von Euch schon so viele (oder auch vielleicht erst wenige) Jahre treu an unserer Seite sind, Ihr uns helft, die Vision und den Auftrag Jesus gemeinsam zu erfüllen. Wir zusammenstehen, gemeinsam lernen, beten,

Jesus loben und preisen, Widerständen trotzen, Siege erleben, Ihr uns den Rücken freihaltet, uns im Gebet tragt, auch wenn wir im Auftrag des Herrn unterwegs sind. Treu und gut die Stellung haltet. Danke für Eure Liebe, Unterstützung, Vertrauen.

Es ist super zu sehen und zu hören, was Jesus schon alles an Wundern und Heilungen an Euch und in der Jesus Gemeinde Bamberg und darüber hinaus getan hat. Ihr seid wunderbare Geschwister. Wir werden noch viel mit Jesus erleben.

Wir sind gerne Eure Hirten.

Für alle Hungrigen:

nach mehr von der Herrlichkeit Jesu und der Demonstration SEINER Kraft. Jagt IHM nach und Ihr werdet IHN erleben.

Ihr werdet Wunder erleben und hören, die unglaublich sein werden. Weil JESUS sich nicht verändert hat.

Versprochen!

Und trotz aller Wunder geht es immer um IHN → **JESUS!**

Schreib doch hier schon mal Deine ersten Gedanken und Erwartungen auf, die Du zu dem Buch und Titel hast.
Zum Schluß kannst Du es nochmal lesen und feststellen, ob Deine Eindrücke und Erwartungen richtig waren.
Viel Spaß!

Gedanken zum Titelbild

Den Kopf in den dunklen Nachthimmel erhoben, die Augen suchen wie ein Radarstrahl konzentriert das Dunkel ab.
„Wann" - „Wo" - „Wie wird es werden"?
Erwartung, Spannung, Vorfreude liegt in der Luft.

Und dann, ein lautes „WUMM" durchbricht die gespannte Atmosphäre des Betrachters. Das Feuerwerk ist eröffnet. Ein dünner Lichtpfad windet sich vom Boden in den Nachthimmel. Kaum zu sehen oder zu verfolgen. Und plötzlich ein erneuter lauter Knall. Vor den Augen der begeisterten Zuschauer öffnet sich eine goldglänzende „Feuer – Palme" die das Dunkel erhellt und deren Glutreste langsam wie leuchtende, brennende Schneeflocken zu Boden gehen und verglühen.

„Aaah" - Herrlich" - Wunderbar" - „Unglaublich schön" - „Fantastisch" - „Meeehr! - "Oooh" !!!
So oder ähnlich mögen die Ausrufe der Zuschauer ausfallen. Man redet noch lange danach darüber, obwohl es nur ein menschgemachtes Spektakel ist. Plan- und berechenbar, den Gesetzen der Chemie und Physik unterworfen. Ein Meisterwerk menschlichen Könnens.

Man könnte meinen, diese erste „Feuer – Palme" hat in der Erwartung, im Herzen und den Emotionen des Zuschauers auch etwas angezündet. Die Lunte brennt!
Hunger nach mehr – neue explosive farbige Lichtbilder, die Erwartung steigt. The Never – Ending – Dream.
Aber es ist halt nur ein Feuerwerk. Schnell vorbei, viel Rauch und Knall, teurer Spaß und Faszination. Der Mensch in Aktion und alles hat einmal ein Ende.

Aber es kann uns auch an die Wunder Gottes in dieser Welt, in meinem und Deinem Leben erinnern.

Auch wir schauen oft in das Dunkel unserer Situation, unseres Lebens. Suchen Antworten, suchen das Licht am Ende des Tunnels oder des Horizontes. Woher könnte Hilfe kommen? Wer gibt uns einen Funken Hoffnung, der die Lunte der Erwartung, der Lösung, der Hilfe und des Neuanfangs zum Brennen bringt?

Unerwartet wird das Dunkel der Not und Hilflosigkeit plötzlich durchbrochen. Manchmal am Anfang kaum wahrnehmbar, dann wird es zu einem hellen Leuchten, zu Figuren, Bildern und Farben, die Du nicht vorhersehen kannst. Nur der Feuerwerker weiß, was er vorbereitet und gezündet hat.

Gott ist der ultimative Feuerwerker. Der Erfinder des „Urknalls". Schau mal mit den großen Himmelsteleskopen in die Tiefen unseres Universums. Welch ein Feuerwerk an Schönheit, Majestät, Farben und Unendlichkeit. Gottes eigene, selbst gestaltete Visitenkarte.
Und das alles ohne Photo – Shop!

Und ER liebt es von Anfang an, seit der Schöpfung der Welt, Feuerwerke der Wunder und positiven Überraschungen für uns, in uns und unserem Leben zu zünden. Und für uns ist es dann einfach nur schön, inszeniert von einem himmlischen Vater für seine geliebten Kindern. Einfach so.

Gott selbst bringt erstaunliche Überraschungen in unser Leben. Man nennt sie oft einfach nur Wunder. Die nicht nur zum begeisterten Event werden, sondern lebensverändernd, hilfreich, wegweisend und manchmal sogar lebensrettend werden. (Denke an die Leuchtrakete auf hoher See in Seenot.)
Die Dir zeigen, Du bist nicht allein. Gott ist an Deiner Seite. ER liebt Dich und will Dir helfen. Mit SEINEN unerschöpflichen Möglichkeiten und Mitteln.

Willkommen in diesem Buch –
ein „FEUERWERK der Zeugnisse SEINER Kraft"!

Hat ER es für Andra und mich gezündet, will und wird ER es auch für Dich tun.

Denn alles was Gott ausmacht, SEINE Liebe, Gnade, Vergebung in Jesus, Segnungen, Verheißungen und vieles mehr, gilt für alle Menschen gleich. Gott macht keinen Unterschied. Wir müssen es nur für uns selbst - von IHM - empfangen.

Laß Dir doch mal SEINE Visitenkarte geben – für ALLE Fälle. ER gibt sie Dir gerne und ER hat genügend davon.

Die Welt ist voller Wunder!
Du bist eins davon.
Horst Bulla, dt. Dichter & Autor

Schreib Dir doch einfach mal auf, was Du unter Wunder verstehst oder was Du unter Wunder einordnen würdest.
Versuch mal Deine eigene Definition.
Viel Spaß dabei – ich glaube, die Liste wird lang!

Persönliches Vorwort

Zusammen mit meiner Frau Andra leite ich eine evangelische Freikirche in Bamberg, die „Jesus Gemeinde Bamberg e.V.".
(www.jesus-gemeinde.de)

Wir hatten sie 1991 gegründet und sind von Anfang an die Pastoren und Leiter dieser charismatischen Gemeinde.

Wir haben in den mehr als 30 Jahren Gemeindearbeit und Dienst im Reich Gottes viel erlebt, sind im Glauben und im Wort gewachsen und u.a. hatte mir Jesus vor vielen Jahren eine Prophetie gegeben, daß ich Bücher zur Ehre Gottes schreiben werde.
Damals konnte ich mit dieser Prophetie nix anfangen, geschweige denn mir das vorstellen, ich lese zwar schon seit meiner Kindheit leidenschaftlich gerne Bücher, aber selber schreiben, war nie auf meinem Schirm.
Also verwahrte ich dieses persönliche Reden Gottes in meinem Herzen, bis Gott es 2015 wieder hervorholte und es in die Tat umsetzte. Es hatte Jahre gedauert, bis es Wirklichkeit wurde.
(also gib nicht auf, auch wenn`s mal länger dauert, aber wirf das Reden Gottes nicht weg.)

Ich schrieb mein erstes Buch (!)

„APOSTELGESCHICHTE 29"

über die Zeichen und Wunder, die heute noch geschehen, wir sie auch erleben sollten und die Andra und ich auch in zunehmenden Maße erlebten und immer noch erleben.
Das Buch ist mittlerweile in Deutsch, Englisch, Spanisch und Portugiesisch erschienen und motiviert Menschen in verschiedenen Ländern, es auch erleben zu wollen → und sie erleben es!

2018 gab Gott mir ein zweites Buch, das ich schrieb,

„MIT JESUS AUF STREIFE"

in dem es über vollmächtiges Gebet, bzw. die praktizierte Autorität im Namen Jesus geht. Wir können viele Situationen in unserem Leben, unserer Stadt und unserem Land verändern, wenn wir wie „geistliche Polizisten" einschreiten, handeln und unsere starke „geistliche Amts - Autorität" gebrauchen, die Jesus uns als seine ernsthaften Nachfolger gegeben hat.

Mein mehr als 40-jähriger Polizeidienst, die meiste Zeit auf Streifendienst, war ein wichtiger Teil meines Übungs- und Erfahrungsfeldes.
Das Buch gibt es zur Zeit in Deutsch, Englisch und Spanisch.

Beide Bücher sind voll mit persönlich erlebten Berichten.
Zur Ehre Gottes.
Zum Beweis der Echtheit und Zuverlässigkeit des Wortes Gottes und des Glaubens, sowie der Erlebbarkeit der Macht des Namens Jesu.

Jesus hat seine Prophetie an mich erfüllt.
Ich freue mich darüber, es macht Spaß zu schreiben und alle die genannten Ereignisse und Erkenntnisse nochmals Revue passieren zu lassen.
Es ist, als wären Andra und ich wieder voll in dem geschilderten Geschehen drin. Wiederholung sozusagen.
Und während des Schreibens, Jesus dafür wieder und wieder zu danken und zu preisen. Manchmal staune ich selbst, daß ich das wirklich erlebt habe und erleben durfte. Es ist eine Ehre für uns.

Es erreichen uns immer wieder begeisterte Mitteilungen zu diesen beiden Büchern.

Beide Bücher sind im BOD - Books on Demand - Verlag erschienen. Mehr dazu am Schluß des Buches.

Es ist mir wichtig, klarzustellen, daß Wunder nicht das einzige und wichtigstes Thema der Bibel ist.
Alle Themen des Wortes Gottes sind in ihrer Gesamtheit wichtig, studierens- und umsetzungswert.

Es geht um Gott, Jesus und die Erlösung, sowie ein Leben mit dem Heiligen Geist, mit dem wir auch bei Gott in der Ewigkeit ankommen.

Ich möchte kein theologisches Lehrbuch verfassen, sondern einfach ein Thema beleuchten, daß meiner Meinung nach noch unterbelichtet ist, obwohl es ebenfalls seinen Stellenwert hat. Man kann Gott und Wunder nicht trennen, sie gehören zusammen.

Es geschehen jeden Tag kleine und große Wunder, Bewahrungen, unerwartete positive „Zufälle", jeder erlebt es, nimmt es aber vielleicht nicht wahr oder ordnet es Gott nicht zu. Zum Beispiel jeder Atemzug, jede Hummel oder echte Glaubenswunder.
(Anmerkung zur Hummel: Auf den ersten Blick ist die Hummel zu groß und zu schwer, die Flügel zu dünn und die Flügelfläche zu klein, als daß sie nach physikalischen Gesetzmäßigkeiten fliegen könnte. Und doch fliegt sie – und wie! Gott hat ein paar super – geniale Funktionen eingebaut. Du kannst das ja mal recherchieren.)

Die ganze Schöpfung ist ein Wunder, oder besser gesagt Milliarden von Wundern. Und jedes Lebewesen, Pflanze, physikalisches oder chemisches Gesetz, etc., trägt die Handschrift Gottes. Deswegen sollten wir auch auf die kleinen Wunder achten, die Gott uns schenkt und das Leben erst ermöglicht.

Unser Körper ist ein Meisterwerk! Alles arbeitet zusammen, ist voneinander abhängig, ist miteinander verknüpft und hat enorme Fähigkeiten.

Hast Du gewußt, das man Blut nicht herstellen kann? Bei allem Fortschritt und Technologie. Das „Leben" kommt nur von Gott, dem Schöpfer selbst.

Also Wunder über Wunder und wir nehmen es als selbstverständlich hin, wir sollten staunen und Gott jeden Tag dankbar sein.

Zugegeben, meine Erlebnisse, die ich hier im Buch schildern werden, sind schon wunderbar krass, aber eine dicke Mauer reißt man nur mit schwerem Gerät nieder.

Es müssen nicht immer solche Granaten sein, aber wir sollten neben den kleinen, mittleren Wundern, auch auf richtige „Hammer – Wunder" hoffen, vertrauen und glauben.

Für Gott ist NICHTS unmöglich! Gott sei Dank dafür.

Der „Mauer der unumstößlichen Logik" - der geh ich in dem Buch ans Leder.

Sie ist nicht der Weisheit letzter Schluß, weil sie die Rechnung ohne Gott macht und viele Möglichkeiten verschließt. Deswegen diese Beispiele, um wachzurütteln und die Mauer aufzubrechen..

Logik ist gut und gottgegeben, aber oft wird sie zum Götzen und hindert sie uns daran, Dinge im Glauben mit Jesus zu erfassen, umzusetzen und zu erleben.

Günther und Andra Kunstmann
© Bamberg 2024

Die Logik des Menschen endet da, wo die Logik Gottes beginnt.

(Zitate ohne Namensangabe sind von mir.
Sie sind mir während des Schreibens eingefallen)

Vorwort von Pastor Matthias Jordan

Wunder sind wunderbar - sie bestätigen das verkündigte Wort Gottes und gehören zum Alltag des Glaubenden. Diese Message von Günther Kunstmann entzündet die Herzen der Leser und ermutigt täglich mit den Wundern Gottes zu rechnen.

Dabei gibt dieses Buch genau das wieder, was Günther und Andra im Alltag leben. Man spürt die Atmosphäre von praktisch anwendbarem Glauben, die brennende Liebe zu Jesus und die Bereitschaft, Glaube immer zur Anwendung zu bringen.
Wir sollten uns niemals nur mit theoretischen Floskeln zufrieden geben. Glaube ohne Werke ist tot. Unser Gott möchte sich praktisch erweisen und zeigen. Dabei möchte Gott unsere Originalität gebrauchen und so mit dem Einzelnen Geschichte schreiben.

Es ist spürbar, dass Günther und Andra immer wieder bereit sind, der Stimme des Heiligen Geistes zu folgen. Sie machen sich abhängig von Gott und rechnen dabei mit seinen Wundern. Die Berichte von den erlebten Wundern, öffnen die Herzen der Leser und motivieren sie, sich ebenfalls auf neue Wagnisse mit Jesus einzulassen.
Fern ab von jeglicher Religiosität zeigt dieses Buch einen Weg auf, authentisch zu leben, Jesus zu vertrauen, seiner Spur zu folgen und dabei echte Wunder zu erleben.

Lass dich beim Lesen dieses Buches neu von der hier spürbaren Leidenschaft für Jesus entzünden und erweitere dabei deinen eigenen Horizont für die von Gott bereiteten, wunderbaren Wunder!

Pastor Matthias Jordan
Jesus Centrum Kassel / Germany

Vorwort von Pastor Martin Davison

Ich liebe es, wenn Gott Dinge in die Wege leitet!
Ich lernte Günther und Andra vor über einem Jahrzehnt im Amazonas-Dschungel von Brasilien an einem Ort namens Maues kennen. Seitdem haben meine Frau und ich die Freude an ihrer Freundschaft.
Günthers und Andras neues Buch „Wunder sind wunderbar" entstand aus dem aufrichtigen Wunsch, den Leser in all das hineinwachsen zu sehen, wozu Gott ihn berufen hat, sogar über seine kühnsten Träume und Erwartungen hinaus.

Du wirst in eine Entdeckungsreise hineingezogen, auf der Deine Überzeugungen und Deine „Logik" nicht nur in Frage gestellt, sondern auch verändert werden, während Du eine Geschichte nach der anderen liest, die Gottes reiche und tiefe Wahrheit auf ehrliche, lustige und klare Weise vermittelt. Diejenigen unter Euch, die Günther kennen, werden das Gefühl haben, daß er Dir das Buch bequem zu Hause vorliest und ich garantiere Dir, daß Du lachen wirst, wenn Du seine Stimme in Deinem Kopf wiederhallen hören!

Noch wichtiger aber ist, daß ich glaube, daß das Buch, das Du in der Hand hältst, Dich dazu bringt, zu wachsen, Dich dazu bringt, mehr zu wünschen und zu erwarten, Dich dazu bringt, in die Wunder Gottes vorzudringen, die 'ER' im Voraus für Dich vorbereitet hat, damit Du darin wandeln kannst ......

ENJOY IT

Pastor Martin Davison
BDS (QUB) Elim UK's International Missions Director
Yate / England

Vorwort von Pastor Wilnor Tennant

Mach Dich bereit für ein Erwachen Deines Geistes, denn die Kraft des Heiligen Geistes wird Dir beim Lesen dieses Buches offenbart. Dieses Buch kann Dein Leben verändern; es schenkt Dir ein größeres Bewusstsein dafür, wie GOTT uns aufruft, in SEINER Macht und Autorität zu leben.

Günther erzählt von den vielen Abenteuern, die er mit Gott erlebt hat, und von den verändernden Lehren des Wortes Gottes. Günther bittet uns, die Macht Gottes besser zu verstehen und in der Kraft des Übernatürlichen zu wandeln.
So oft lesen wir Berichte von anderen, in denen Gott sich in Zeichen und Wundern zeigt; für mich jedoch war der Bericht des "Reiseleiters in Alexandrien" eine solche Offenbarung, daß dieses Buch Dich zu einem größeren Verständnis der Fülle des Übernatürlichen Gottes führen wird und dazu, wie wir dies in unserem täglichen Leben mit der Ausgießung SEINER Herrlichkeit erkennen können.

Mach Dich bei der Lektüre dieses erstaunlichen Buches auf Veränderungen in Deinem persönlichen Leben gefasst, denn Du wirst ermutigt, in die Fülle all dessen vorzudringen, was Gott heute für unser Leben plant.

Pastor Wilnor Tennant
Seelsorger/ Ermutiger & Evangelist
Irland

Vorwort von Rev. Mark Irvin

Als ich dieses Buch von Pastor Günther über Wunder las, wurde mein Herz nach „noch mehr von Wundern" bewegt, obwohl ich schon viele gesehen habe. Es gibt so viele mehr zu erleben.

Wiederum war es eine wunderbare Erinnerung an die Schlüssel zu übernatürlichen Entwicklungen für den Leib Christi, um den großen Endzeitauftrag zu erfüllen. Die großen Ereignisse Gottes haben immer mit einem Wunder begonnen, einem „BAM", einem „BANG", etwas, das Aufmerksamkeit erregt, damit eine Botschaft gehört und Massen gewonnen werden können.

Wir leben am Ende des Gemeinde - Zeitalters, bevor Jesus kommt, und wenn er kommt, wird die Gemeinde mit einem Knall weggehen. Die Wunder sind der Knall, der die Aufmerksamkeit einer verlorenen Welt erregt und ihr die Möglichkeit gibt, zu hören, was wir zu sagen haben. Es ist wie ein Werbeschild, das den Betrachter auf Jesus, den Weg, hinweist. So war es bei Jesus und so ist es auch bei denen, die ihn heute in seinem Namen vertreten.

Die Menschen kamen nicht allein wegen der Botschaft, die er verkündete, sondern vor allem wegen eines Wunders, das sie gesehen, erlebt oder von dem sie gehört hatten. Das war es, was die Menschenmassen anlockte. Dann kamen sie und hörten zu.

Die Heilige Schrift ist voll von übernatürlichen Dingen, die für einen unerneuerten Verstand nicht logisch sind und doch so sehr der Schlüssel sind. Einer meiner Väter im Glauben pflegte es so zu sagen: „Heilungen und Wunder sind die Essensglocke für die Evangelisation".

Pastor Günther hat über einige der Erfahrungen geschrieben, die er und seine Frau, Pastorin Andra, gemacht haben, wohl wissend, daß es noch viele weitere geben wird.

Er lebt in einer Nation, der deutschen Nation, in der Martin Luther eine Reformation herbeiführte, indem er die Schriften übersetzte, die für den einfachen Menschen verschlossen waren und nun frei gelesen und verstanden werden können. In der Bibel findest Du die Grundlage für alles und in der Grundlage liegen die Wunder.

Dieses Buch ist vollgepackt mit vielen dieser Bibelstellen. Von den Wundern der Schöpfung. Die Wunder der gläubigen Männer und Frauen des Alten Testaments. Die Empfängnis und Geburt unseres Erlösers Jesus, ein Wunder. Das Gehen auf dem Wasser, die Vermehrung von Brot und Fischen, die Stillung eines Sturms, um nur einige zu nennen.

Jesus ist durch sein Leben voller Wunder unser Beispiel dafür, wie es aussieht, wenn die Söhne und Töchter wirklich ein übernatürliches Leben in einer natürlichen Welt führen. Für Jesus war es wie ein weiterer Tag im Büro. Für uns hat Gott dasselbe vor. Und das ist die treibende Kraft dessen, was Pastor Günther geschrieben hat.

So ist es mir ergangen und ich hoffe, Ihnen geht es genauso. Ich bin sogar noch mehr inspiriert, erinnert an die Grundlagen des geisterfüllten Lebens und warum wir diese Taufe des Heiligen Geistes haben, die Taufe der Kraft.

Ich sehe, wie wichtig es ist, daß die Menschen ihre Geschichten und ihre Zeugnisse erzählen, wenn wir zusammenkommen.

Außerdem verstehe ich, wie sich Weltnachrichten und Logik einschleichen und das Wesentliche in unseren Kirchen ersetzen können, wenn wir das zulassen und unseren Hunger nach dem, was Gott für uns im Sinn hat, verlieren.

Das vorliegende Buch hat eine großartige Mischung aus allem. Es ist vollgepackt mit Bibelstellen, die die Wahrheit dessen zeigen, was geschrieben steht.

Die Zeugnisse sind verblüffend und lassen einen erstaunen. Der Humor und die Art, wie es geschrieben ist, ist einzigartig und voller Humor, ich habe mich mehrmals dabei erwischt, einfach laut loslachen zu müssen.

Ich kenne Pastor Günther und durch die Art und Weise, wie er dieses Buch geschrieben hat, bringt es seine Persönlichkeit auf die einzige Art und Weise zum Ausdruck, die er kann. Er hat nicht nur ein tiefes Fundament der biblischen Offenbarung, sondern kann es auch so rüberbringen, daß die Leser und Zuhörer mehr wollen.

Es ist leicht zu lesen und zu verstehen und doch voller Tiefe. Wenn Du einmal angefangen hast, wirst Du es, wenn es Dir wie mir geht, bis zum Ende durchlesen müssen. Dein Herz wird sich nach mehr Übernatürlichem in dieser natürlichen Welt sehnen.

Ich möchte Pastor Günther und Andra meinen Dank dafür aussprechen, daß sie es uns ermöglicht haben, Gott durch Ihre Bücher, aber auch ein wenig mehr von Ihrem übernatürlichen Leben, zu erfahren. Ihr habt uns ermutigt, mehr von dem zu erfahren, was Gott für uns vorgesehen hat, um dieses Leben der Wunder in dieser Welt voller Logik zu leben.

Rev. Mark Irvin
Founder and President of
"From Faith To Faith To The Nations Ministry"
Germany / America and to the Nations

Berauben wir
den GOTT der WUNDER
SEINER Wunder,
dann ist ER nicht mehr der
Gott der Bibel.

Gottes Handeln in unserem Leben
ist oft unlogisch.

Logik folgt ihrer Spur,
Glaube der Spur Gottes.
Beide sind nicht immer kompatibel.

Inhaltsverzeichnis

*„Du bist der Gott, der Wunder tut,
du hast deine Macht an den Völkern bewiesen."*
Psalm 77 / 15

*„denn nicht auf Worten
begründet sich das Reich Gottes,
sondern auf Kraft."*
1.Korinther 4 / 20

Was verbindest Du mit Superman, Spiderman, James Bond oder anderen großen Filmhelden?

Ist Dir schon mal aufgefallen, daß das Thema Rettung der Welt, außergewöhnliche Dinge mit übernatürlicher Kraft zu tun, die Fantasie und den Wunsch anregen, es auch tun zu wollen?

Der größte Held von dieser ganzen Familie ist jedoch Jesus! ER steckt die anderen alle in den Sack. Und ER hat nicht nur ein Wunschdenken – Drehbuch geschrieben und verfilmt, ER hat die Rettung der Welt tatsächlich geschafft. Ohne Double, ohne Stuntman, ohne Netz, doppelten Boden oder Hollywood Special Effects. IHN hat es das Leben gekostet, aber das war es IHM wert.

Darüber solltest Du mal nachdenken und Du kannst SEIN Drehbuch sogar lesen. Mit allem DRUM und DRAN.
Die Bibel!
Fang doch mal im Neuen Testament an, Markus- oder Johannesevangelium. Echte Action mit Message.

Der Weg
zu einer echten Heldentat beginnt
mit dem Wollen
und dem ersten, kleinen Schritt.

Einleitung

„So bin denn auch ich, als ich zu euch kam,
liebe Brüder, nicht in der Absicht gekommen,
euch mit überwältigender Redekunst oder Weisheit
das Zeugnis von Gott zu verkündigen;
nein, ich hatte mir vorgenommen,
kein anderes Wissen bei euch zu zeigen
als das von Jesus Christus,
und zwar dem Gekreuzigten.
Dabei trat ich mit (dem Gefühl der) Schwachheit
und mit Furcht und großer Ängstlichkeit
bei euch auf,
und meine Rede und meine Predigt
erfolgte nicht
mit eindrucksvollen Worten der Weisheit,
sondern mit dem Ausweis (Beweis, Demonstration)
von Geist und Kraft;
denn euer Glaube sollte nicht auf
Menschenweisheit,
sondern auf Gotteskraft beruhen."
1. Korinther 2 / 1 – 5

Im Lauf der letzten Jahre wurde unsere Aufmerksamkeit vom Heiligen Geist verstärkt auf die Wunder Gottes, das gewaltige praktische Wirken von Jesus während seines Dienstes auf der Erde und die Ausgießung des Heiligen Geistes an Pfingsten auf die erste Gemeinde, gelenkt.

Neben all den anderen, wichtigen Themenbereichen der Bibel, forschten wir intensiver in diesem Bereich und waren überrascht, wie viel die Bibel über Wunder, Kraftwirkungen, außergewöhnliche Zeichen, Engel und diese gewaltige Autorität des Namens Jesu spricht – und dies **ALLES** durch Jesus, der Gemeinde zur Verfügung gestellt wurde; vielmehr Jesus die Gemeinde bewußt und gezielt beauftragt hat, die Botschaft der Errettung **UND** diese Kraft den Menschen zu bringen, damit sie den Gott der Bibel kennenlernen und Jesus als Retter annehmen.

Aber nicht die Gemeinde / Kirche als Institution, sondern die Gruppe der Menschen, die Jesus persönlich angenommen haben und sich dafür entschieden, IHM nachzufolgen und SEINEN Auftrag umzusetzen.

Und diese Gruppe besteht aus einzelnen Leuten, so wie Du und ich, und denen, die noch dazu kommen werden.

Das ist die Gemeinde Jesu.

„ (Jesus) *Wahrlich, wahrlich ich sage euch:*
Wer an mich glaubt, wird die Werke, die ich tue,
auch vollbringen,
ja er wird noch größere als diese vollbringen.“
Johannes 14 / 12

Jesus sagt hier **„wer an mich glaubt“**
→ das ist die einzige Bedingung, nicht wie lange man im Glauben steht, ein besonderes Amt oder Dienst hat, Seminare, theologische Universitäten oder Bibelschulen absolviert hat.
(übrigens: das ist alles supertrooper, aber dennoch keine Voraussetzung oder notwendige Qualifikation)

NEIN! Einfach nur an Jesus glauben und es tun.

Jesus sagt weiter: **„die Werke“** , nicht einige Werke → alle, in gleichem Umfang, ohne Ausnahme, so wie ER.
Mann das haut rein – welch ein Auftrag, welch ein Vertrauen an und in uns.

JESUS geht zum Vater und überträgt die Fortführung seines Dienstes, in gleicher starker unverdünnter Dimension ...
→ UNS! → DIR! → MIR!
Was für eine Ehre, Privileg und Verantwortung.
WOW!

Und das fordert die Gemeinde Jesu und jeden einzelnen Jünger Jesu heraus, es zu glauben und zu tun.

Unsere Begeisterung für Jesus wuchs, auch unsere Erwartung und wir fingen an, es in die Praxis umzusetzen und für Menschen zu beten und die Bestätigung von Gott zu erwarten.
Was wir bislang erlebten, war erstaunlich, manchmal unfassbar, aber immer JESUS verherrlichend.
Heilungen ohne Ende von den unterschiedlichsten Problemen, Befreiungen von Süchten und dämonischen Gebundenheiten, Situationsveränderungen noch und nöcher.
Siehe „Apostelgeschichte 29", und da wird nur ein kleiner Teil unserer „Wunder - Erlebnisse" beschrieben.

Aber wie gesagt, daß ist nicht die Botschaft oder das Zentrum des Glaubens, das ist einzig JESUS. Das andere ist gottgegebenes, geistgewirktes, wortbestätigendes Beiwerk.

Gleichzeitig stellten wir immer wieder fest, daß zur Zeit im Leib Jesu ein großer Mangel und Unkenntnis an dieser manifestierten Kraft und Erkenntnis darüber existiert. Und das nicht nur in Deutschland, sondern auch in den verschiedenen Ländern, wo wir die letzten Jahre im Rahmen von Predigt - Reisen hinkamen.

Preis sei Gott – es gibt aber auch viele Gemeinden, die diesen Auftrag umsetzen. Halleluja!
Wo Zeichen und Wunder, Heilungen und Befreiungen geschehen und sie darüber berichten.

Und wahrscheinlich gibt es sogar noch mehr von diesen Gemeinden als man denkt.
Aber immer noch zu wenig!

In den Medien oder auch theologischen Meinungen und Aussagen wird dieser Teil des Wortes Gottes, die Kraftwirkungen des Heiligen Geistes, heruntergespielt, negiert, als irreführend und sektiererisch bezeichnet, als nicht mehr zeitgemäß oder einfach als falsch deklariert.
Was für ein Irrtum, Unkenntnis oder sogar Ignoranz!

Die Wunderwirkungen sind fester Bestandteil von Gottes Wesen, gezeigt und erklärt durch Gott selbst, Propheten, Männern und Frauen im Alten Testament, den Dienst Jesu zu SEINER Zeit auf der Erde, Erkenntnis, Kühnheit und Bestätigung ausgegossen durch den Heiligen Geist, multipliziert in der ersten Gemeinde bis heute, erfahrbar für alle, die sich danach ausstrecken und das Wort Gottes ernst nehmen und Gott beim Wort nehmen.
Wie alles im Glauben, sollen und müßen wir ALLES PRÜFEN, auch die Wunder, weil der Teufel uns manchmal mit ähnlichen Dingen blenden und verführen will. Er tut so, als könne er mitspielen.

„Denn es werden falsche Christusse (Messiasse)
und falsche Propheten auftreten
und werden Zeichen und Wunder tun,
um womöglich die Erwählten irrezuführen.“
Markus 13 / 22:

„Nun hatte schon vorher ein Mann namens Simon
in der Stadt gelebt, der sich mit Zauberei abgab
und die Bevölkerung von Samaria
dadurch in Staunen versetzte; ...

... denn er behauptete von sich, er sei etwas Großes.
Alle waren für ihn eingenommen,
klein und groß und erklärten:
Dieser Mann ist die Kraft Gottes, welche die Große heißt.
Sie waren aber deshalb für ihn so eingenommen,
weil er sie lange Zeit durch seine Zauberkünste
in Erstaunen (verzaubert, in seinen Bann) *gesetzt hatte. "*
Apostelgeschichte 8 / 9 - 11

„Und das ist kein Wunder,
denn der Satan selbst nimmt ja das Aussehen
eines Lichtengels (Lichtgestalt) *an.*
Da ist es denn nichts Verwunderliches,
wenn auch seine Diener mit der Maske
von Dienern der Gerechtigkeit auftreten.
Doch ihr Ende wird ihrem ganzen Tun entsprechen."
2.Korinther 11 / 14 + 15

„Prüft alles, behaltet das Gute."
1.Thessalonicher 5 / 21

Nur weil der Teufel was nachmacht um sich in den Mittelpunkt zu spielen oder das Wort Gottes madig zu machen, sollten wir nicht gleich alles in die Tonne klopfen!

Nur weil etwas pervertiert wird, mißbraucht oder schlecht nachgemacht wird, wird doch das ECHTE und GUTE deswegen nicht wertlos.

Wie dumm oder arrogant muß man denn sein, es einfach nicht in Anspruch zu nehmen.

Kein normal denkender Mensch gibt seinen Führerschein ab und verkauft sein Auto, nur weil ein paar Leutchen das Auto nach einem Raubüberfall als Fluchtfahrzeug mißbrauchen oder für sonstige Verbrechen.

Das Auto ist ehrlich gesagt, nicht Problem, sondern der Mißbrauch durch den Menschen, manipuliert vom Teufel.

Du verwendest doch auch scharfe Messer in der Küche, um Dein leckeres Essen zuzubereiten oder Dein großes, saftiges, butterzartes, 28 Tage gereiftes, mit Grill - Aromen von Eukalyptus - Holzkohle auf Medium Plus gebratenes, 800 Gramm Black Angus – Steak zu schneiden und zu genießen, obwohl mit Messern so viel Unheil angerichtet wird und eine Unzahl von Menschen damit getötet werden.

Das Messer kann nix dafür. Es ist ein Segen, kann aber auch wie jeder Segen, mißbraucht und pervertiert werden. Und das wird es leider zu oft.

Oder Du zahlst trotzdem mit Bargeld, mit Scheinen, obwohl Du weißt, daß sie gefälscht und in Umlauf gebracht werden.
Du kannst Dich ganz leicht informieren, wie erkenne ich Falschgeld. Kein Problem, keine Panik auf der Titanic!
Bleib geschmeidig. Stay calm! Be cool! Var cool, snälla! ☺

Und mach bitte nicht den Fehler wie viele andere auch, daß Du die Wunder Gottes ablehnst, nur weil man mal was gehört hat, daß es irgendwie nicht echt war. Das machst Du ehrlich gesagt, in Deinem normalen Leben auch nicht, warum dann im Glauben?

Oooh – Buddy! Du würdest soviel verpassen.
Den Gott der Bibel nie richtig kennenlernen. Oder SEINE unendlichen Möglichkeiten – auch für Dich.
Jesus in vielen Bereichen nie erleben, in denen ER Weltmeister – ääh – Universumsmeister ist!
Die Kraft des Heiligen Geistes erleben, ER liebt es Wunder zu tun, weil es für IHN völlig normal ist.

Und ich glaube auch, daß es IHM total **Spaß macht**.

Laß Dich nicht irre machen, nicht ins Bockshorn jagen, täuschen, anlügen, entmutigen oder sonst runter ziehen.

Dafür haben wir doch von Gott den Heiligen Geist bekommen, der u.a. die Gabe der Unterscheidung der Geister schenkt.
(1.Korintherbrief 12, 7 - 11)
Du kannst wissen, wo was herkommt.

Es gibt Wunder, die echt sind. Von Gott selbst gewollt und gemacht. Millionenfach – in der Vergangenheit, HEUTE und es wird sie morgen immer noch geben. Sogar noch mehr.
Gott wird Gas geben! Beschleunigen!

Steht doch auch zig-mal in der Bibel. Von vorne bis hinten. Wir können es doch nicht ignorieren. So tun, als wäre alles FAKE. Dann würden wir doch Gott und Jesus zum Lügner machen. Das sei ferne von uns!

Der Teufel haßt diese Wunder und die Erkenntnis und Offenbarung darüber, weil sie ihn blaß ausschauen lassen. Er kommt nicht an diese Kraft Gottes ran.
Er knirscht mit den Zähnen, kriegt Schweißausbrüche und weiche Knie, wenn er sieht, wie der Heilige Geist es Dir verklickert und Du anfängst, es zu sehen, zu glauben und zu tun.
Da sieht der Mr. Dunkel, der Verlierer von Golgatha, die alte Schlange mit dem zertretenen Kopf, der Teufel eben, seine Felle davonschwimmen.

Wenn Du schon Christ bist, steh auf im Glauben, sei kühn und zeig dem Teufel, wo der Hammer hängt!
Jetzt erst recht! Zeig`s ihm, dem ewigen Loser, der alten Schlange, dem Betrüger und Mörder!

Zeig ihm die Kraft des Heiligen Geistes und den Namen Jesu, der ihn besiegt hat. Komplett, vollständig, für iiiiiiiimmmer! Zeig ihm, daß Du Jesus und seinem Wort mehr glaubst als ihm. Daß Wunder real sind!

Und wenn Du noch kein Christ im Sinne der Bibel bist, dann lies bitte weiter, staune und warte auf Dein Kapitel, es kommt auch. Versprochen.

Und es bleibt dabei:

Gott sagt und schreibt was er meint
und ER meint auch, was ER sagt oder schreibt.
ER ist wie ER ist und war,
ER verändert sich niemals.

Und deswegen gibt es Hoffnung für unser Land und unsere Gemeinden, weil der Heilige Geist dabei ist, diese Dimension aus Johannes 14 / 12 (siehe oben, Du weißt schon: das mit den gleichen Werken tun!) in seinem Leib wiederzubeleben.
Es wird wieder eine gewaltige Ausgießung des Heiligen Geistes auf der Erde geben, bevor Jesus wiederkommt.
So wie bereits früher, in vielen Ländern, über die Jahrhunderte, wie z.B. in der Azusa Street in Los Angeles von 1906 bis 1908 und vielen anderen Orten der jüngeren Geschichte.

Es werden wieder viele Apostel im Land aufstehen, wie zur Zeit der Apostelgeschichte. Heute sind sie aus unserer geistlichen Landschaft, aus den Gemeinden, ziemlich verschwunden.
Wir haben viele Leiter mit Titeln, Funktionen und Positionen. Arbeitsbeschreibungen eben.
Aber es ist fast so, als hätte man Angst, diese Berufung Gottes, auch so öffentlich zu nennen. Apostel.

Aber wo sind die Apostel?

Ausgerüstet mit einer übernatürlichen Kraft, die die Welt in Staunen versetzt? Mit übernatürlicher Weisheit und Erkenntnis agierend, weil sie voll Heiligen Geist und Glauben sind?

Von denen man hört? In den Gemeinden, den Nachrichten, den Stadtratssitzungen etc.?

Vor denen das ganze Volk Respekt und Hochachtung hat?

> **„Durch die Hände der Apostel**
> **aber geschahen viele Zeichen und Wunder**
> **unter dem Volke,**
> *und alle (Gläubigen) pflegten sich einmütig*
> *in der Halle Salomos zu versammeln;*
> *von den übrigen aber wagte sich niemand*
> *dort störend an sie heranzudrängen,*
> *sondern das Volk hielt sie hoch in Ehren.*
> *Und immer mehr kamen solche hinzu,*
> *die an den Herrn Jesus glaubten,*
> *ganze Scharen von Männern und Frauen;*
> *ja man brachte die Kranken sogar auf die Straßen hinaus*
> *und legte sie dort auf Betten und Bahren,*
> *damit, wenn Petrus* **(Apostel)** *käme,*
> *wenigstens sein Schatten auf den einen*
> *oder andern von ihnen fiele.*
> *Aber auch aus den rings um Jerusalem*
> *liegenden Ortschaften strömte die Bevölkerung zusammen*
> **und brachte Kranke und von unreinen Geistern Geplagte**
> **dorthin, die dann alle geheilt wurden.“**
> Apostelgeschichte 5 / 12 – 16

> *„Und über jedermann (im Volk) kam Furcht,*
> **und viele Wunder und Zeichen geschahen**
> **durch die Apostel.“**
> Apostelgeschichte 2 / 43

„Zudem legten die Apostel
mit großem Nachdruck Zeugnis von der Auferstehung
des Herrn Jesus ab,
und alle erfreuten sich großer (allgemeiner) Beliebtheit. "
Apostelgeschichte 4 / 33

Apostel in Aktion – WOW!

Die Apostel werden wieder hervorkommen, weil es das Wort
Gottes so sagt, daß ER sie in die Gemeinde gegeben hat.

„Und eben dieser (Gott) *ist es auch,*
der die einen zu **Aposteln** *bestellt hat,*
andere zu Propheten, andere zu Evangelisten,
noch andere zu **Hirten** (Pastoren) *und Lehrern*
um die Heiligen tüchtig zu machen
für die Ausübung des Gemeindedienstes,
für die Erbauung des Leibes Christi, "
(den Gläubigen in der Gemeinde!
nicht den Stein- oder Holzfiguren)
Epheser 4 / 11 + 12

Aber noch hört man zu wenig im Land davon.

Bei vielen Internetauftritten der verschiedensten Gemeinden
liest man leider nix von Glaubensberichten, Wundern und
Heilungen. Viele andere gute Infos, Programme, Gruppen,
Einladungen. Oft super aufgemacht. Auch wichtig.

Aber wenig von dem, was Jesus im Leben von Menschen
macht. Und das ist doch noch wichtiger.
Was passiert oder ändert sich in meinem Leben oder dem
Leben von anderen?
Gute Nachrichten, die Hoffnung wecken.
Lebensberichte, tägliches Eingreifen Gottes, Wunder!
Nicht nur theologisch ausgefeilte Predigten.

Is` ja nix dagegen zu sagen – Predigten sollten gut, lebensnah, herausfordernd und umsetzbar für jeden sein.

Aber ohne diese „Zeugnisse" ist es doch eigentlich sehr schade, weil etwas sehr Wichtiges fehlt, und es doch eigentlich vom Heiligen Geist zur Verfügung gestellt ist!

Glaube muß sich praktisch zeigen, nicht nur theoretisch.

Für jeden erlebbar werden. Ansteckend. Begeisternd.

Verändernd zum Positiven.

Eben „wunderbar".

Menschen suchen nach Antworten, Hilfe und hoffen auf Wunder als letzten Ausweg.

Jeder kennt die Aussagen unserer Nachbarn und Kollegen im täglichen Sprachgebrauch:

„Da hilft nur noch ein Wunder"

„Wenn doch jetzt ein Wunder geschähe!"

„Jetzt kann mich nur noch ein Wunder retten"

Der Mensch spürt instinktiv, von Gott in eines jeden Menschen Herz hineingelegt, daß es für bestimmte Dinge nur übernatürliche Hilfe gibt. Es nur mit einem Wunder geht.

Und er wartet darauf, daß ihn jemand an diese göttliche Hilfe heranführt, davon erzählt und darauf hinweist.

Das vorliegende Buch will Mut machen, Hunger wecken, zum Staunen bringen, näher zu Jesus und seinem Wort ziehen, eine Sehnsucht hervorbringen, selbst mit Jesus zusammen diese Dimensionen der Kraft, der Wunder und Heilungen, den Dienst der Engel und noch viel mehr, gemäß dem Wort Gottes zu erleben und anderen Menschen zu dienen, damit sie auch Jesus kennenlernen.

Es geht nicht nur um große Wunder, da läuft man Gefahr, die kleinen Wunder Gottes, die wir alltäglich erleben, zu übersehen oder unterzubewerten. Wir brauchen beide – kleine und große Wunder Gottes, weil Wunder auch immer wieder unsere menschliche Logik herausfordern.

Logik ist gut – aber mit Gott nicht alles. Gott hat seine eigene Logik. Und was für Gott oft logisch ist, das ist für den Menschen nicht nachvollziehbar. Es ist nur durch „Glauben" zu erfassen und erleben.

> ## Der Ausdruck "ein Wunder"
> ## entlockt mir immer ein inneres Lächeln
> ## über den Mangel an Logik;
> ## denn in jeder Minute sehen wir Wunder
> ## und nichts als solche.
> *Otto von Bismarck*

> ## Es ist unlogisch zu denken,
> ## dass Logik die einzige
> ## denkbare Möglichkeit ist.
> *Georg-Wilhelm Exler*

Dieses Buch soll Dir dabei helfen es zu entdecken!

DIR – der Du schon Christ bist,
in diesen Bereich des Wortes Gottes vorzustoßen, Erkenntnis und neuen Mut zu bekommen, es zu wagen und Wunder selbst zu erleben.

DIR – der Du Jesus noch nicht kennst,
zu lesen, daß es Hoffnung und einen Gott gibt, der sich in unveränderter Form DIR zeigen will, daß ER Dich liebt und

DIR helfen will. Du bist noch nicht verloren!

Gottes Möglichkeiten sind unvorstellbar und unendlich.
Und wir beten, daß es DICH ermutigt und DICH tiefer ins
Wort Gottes hineinbringt, so daß der Glaube in DIR wächst,
daß DU mehr und mehr mit dem übernatürlichen Eingreifen
Gottes rechnest.

Alle hier geschilderten Berichte sind wahr, auch wenn sie
„unglaublich" klingen, alles ist von uns selbst erlebt und
andere Menschen sind großteils Zeugen dafür.

Ich, Günther, schreibe dieses Buch hauptsächlich, aber es ist
„unser" Buch, Andra's und meins, weil wir die meisten
Berichte gemeinsam erlebt haben, wir in den Ausführungen
einer Meinung sind, wir beide nicht zu trennen sind und wir
einen gemeinsamen Dienst der Verkündigung von Gott
bekommen haben.

Viel Spaß, Staunen und hungrig werden nach mehr von
JESUS beim Lesen, nachdenken, prüfen am Wort Gottes ...

… wünschen Dir von Herzen

Günther & Andra Kunstmann
Pastoren der Jesus Gemeinde Bamberg / Germany
www.jesus-gemeinde.de
© Bamberg, 2024

Überlege mal, wo Du in Deinem Leben gerade dick in der Klemme steckst, es etwas gibt, wo Du schon lange nicht weiterkommst und schreib es hier auf – mit Datum!

Und jetzt bitte doch einfach Jesus um ein Wunder. Um SEIN übernatürliches Handeln, in Deine Situationen hinein.

Vertrau ihm, sei gespannt und geduldig. Halte Augen und Ohren offen.

Und schreibe das „Eintreffen des Wunders" auch mit Datum auf. Zu Deiner Bestätigung, Ermutigung, zur Ehre Gottes und daß Du dann auch Fakten hast, wenn Du das „Wunder" anderen freudig erzählst.

Wunder sind wunderbar

Anders kann man es gar nicht beschreiben.
Als ich an diesem Buch schrieb, betete ich und fragte Jesus, welchen Titel ER für das Buch habe.
ER nannte mir diesen Titel.

„Wunderbar" ist ja ein ganz besonderes Wort.
Positiv, Freude und Begeisterung erzeugend. Geheimnisvoll, Spannung aufbauend. Erwartung an die Erklärung.
Ein Wort der positiven Superlative. Wo es fast keine Steigerung mehr gibt. Es ist nicht einfach nur „gut" oder „schön", es verbindet etwas Erlebtes mit einem Umstand, der wie ein Wunder wirkt oder ist.
Es entfacht in Deiner Fantasie und Gefühlen ein Feuerwerk der Begeisterung, setzt Glückshormone frei und sucht der gedanklichen Begeisterung über die Zunge und Lippen Ausdruck zu verleihen und hinterläßt Hoffnung und Gewißheit in Deinem Leben.

Du schaust auf das Bergpanorama der Dolomiten in der Abendsonne, die Felsen scheinen zu glühen, erhaben, majestätisch, ewig. Alles in Farben, die kein Mensch jemals so malen könnte. Ständige Veränderung, manchmal nur in Nuancen, manchmal krass.
Das erste Wort von Dir ist wahrscheinlich „**wunderbar**".

Oder Du sitzt auf Deiner kleinen Insel in der Südsee oder Karibik, bequem im Liegestuhl, die Zehen buddeln im warmen, schneeweißen, feinkörnigen Sand, Du schaust auf kristallklares, türkisfarbenes Wasser, das sich in der lauen, angenehmen Brise leicht kräuselt, vereinzelt springen Fische aus dem Wasser, zum Greifen nah und zwinkern Dir zu. In Deiner Hand eine frische, gekühlte Kokusnuß, aus der Du genüßlich das Kokuswasser durch den Naturstrohhalm ziehst. Dein Blick geht zum Horizont, wo gerade die glutrote Sonne

als riesiger Feuerball im Meer versinkt.
Du kannst nur noch ein ehrfurchtsvolles „**himmlisch**"
hauchen! Oder?

In diesem Zustand stellen wir immer wieder fest, daß unsere
Worte oft nicht ausreichend beschreiben können, was wir
gerade sehen und empfinden.
Erde trifft Himmel. Das Natürliche trifft auf das
Übernatürliche. Der Mensch begegnet dem gewaltigen Gott.
Dem Schöpfer. Dem Erfinder der Ewigkeit und des endlosen
Universums, der Farben, der Fantasie, der unaussprechlichen
Perfektion. Und unser kleines Sprachzentrum kommt nicht
annähernd an diese göttliche Dimension der Herrlichkeit ran.
Ist hilf – und ratlos. Du durchforstest Deine Eloquenz –
Kiste. Worte und Ausdruck suchend – vergebens → und
deswegen hauchen wir ein fassungsloses

„wunderbar"

oder

„himmlisch"
„herrlich"
„wundervoll"
„unfaßbar"
„unvorstellbar"

das sind ähnliche Worte.

„Himmlisch" - was beschreibst Du damit bitte? Was stellst
Du Dir vor?
Weißt Du wie es im „Himmel", die Ewigkeit mit Gott, Jesus
und dem Heiligen Geist ausschaut? Sogar die Bibel
beschreibt es nur ansatzweise, weil unsere kleinen grauen
Zellen, unsere knapp 1,5 Kilogramm Gehirnmasse, es
überhaupt nicht aufnehmen oder verarbeiten können. Die
würden heißlaufen, überhitzen, rote Warnlampe angehen und

um Abkühlung betteln.

Also läßt Gott es einfach so stehen, gibt ein paar Hinweise um die Vorfreude und gespannte Erwartung schon mal auf ein Maximum anzukurbeln.

Und so bleibt es momentan eine undefinierbare – aber wir assoziieren es mit „Super – Perfekt – Klasse – Juchuuuu!", Dimension und Vorstellung, prickelnde Hoffnung und kaum mehr auszuhaltende Erwartung und wir landen letztlich wieder bei WUNDERBAR und Co!

Genauso mit „herrlich".

„Unfaßbar und Unvorstellbar" - warum probierst Du es dann überhaupt? Da schwenkt doch unser menschliches, irdisches, begrenztes Gehirn schon wieder die weiße Fahne!
Kapitulation des Vorstellungsvermögens. „Error", „Game over", „Neustart erforderlich".
Fehlermeldung senden? Aber wohin?

Es ist eben aus einer anderen Dimension. Dem übernatürlichen, ewigen Reich Gottes.
Ich kann mir vorstellen, daß Gott diese Worte sehr oft verwendet, weil ER mitten drin sitzt in der HERRLICHKEIT.
Es ist für IHN Alltagswortschatz. ☺

Beim weiteren Nachdenken stellte ich fest, daß ich mir fast nie darüber Gedanken gemacht habe, was „Wunder" oder „wunderbar" etc. (siehe oben) eigentlich bedeutet.
Man weiß es so grob, aber hat es nie wirklich bewußt und detailliert reflektiert. Ich setze es einfach ein, wo ich denke, daß es grad paßt. Wird schon passen.

Leider machen wir uns heute zu wenig Gedanken über die Sprache, Ausdruck und Inhalt. Wir sind großteils als Gesellschaft oberflächlich geworden.
Und das sollte so nicht sein.

Also hier dann mal die ganz bewußte Frage, warum Wunder „wunderbar" sind:

- man kann sie nicht erklären
- sie sind immer positiv
- sie kommen überraschend
- sie helfen
- sie heilen, entgegen oder trotz ärztlicher Diagnosen
- sie verändern Umstände
- verhindern Katastrophen
- sie retten, auch im wörtlichsten Sinn
- sie ermutigen, geben Hoffnung
- zeigen, daß es den Gott der Bibel tatsächlich gibt
- enthüllen uns die Allmacht dieses Gottes
- offenbaren uns, daß wir nicht alleine sein müssen
- sind eine Einladung Gottes, IHM zu vertrauen
- sind der „Ausweis" von Jesus! SEINE ID – Card
- machen Hunger und Lust auf mehr davon
- brauchen nicht viel Worte
- sind kein Zufall, sondern Absicht
- können Leben und Einstellungen verändern
- ...
- …

Ich glaube die Liste ist noch nicht vollständig und könnte noch ziemlich lang werden.
Du kannst ja mal selber aufschreiben, was Dir noch dazu einfällt.

Ach ja, ich will das mit der ID – Card von Jesus noch mal kurz erklären. Nicht daß Du schlaflose Nächte hast und grübelst, wo „um Himmels Willen" hat den Jesus 'nen Ausweis her?

Diese ID – Card kommt direkt vom Schreibtisch des Königs aller Könige, dem Gott aller Götter, der ewigen Majestät aus dem Königreich Gottes, vom Vater Jesu.

Sicherlich mit Unterschrift, Stempel und einem Amtssiegel. Einem grooooßen Amtssiegel. Gehört sich so.

Wat mut – dat mut!

GOTT verbürgt sich dafür.

„Und es wird geschehen:
Jeder, der den Namen des Herrn anruft,
wird gerettet werden.
Ihr Männer von Israel, vernehmt diese Worte!
Jesus von Nazareth,
einen Mann, der als Gottgesandter
durch Machttaten, Wunder und Zeichen,
die Gott durch ihn in eurer Mitte getan hat,
wie ihr selbst wißt, vor euch erwiesen (ausgewiesen)
worden ist ... “
Apostelgeschichte 2 / 21 + 22
(Auszug aus der Pfingstpredigt des Apostel Petrus)

Gott tut mächtige Wunder durch Jesus → die Leute erleben diese → und Gott „weist aus" im Sinne von „Ausweis" , daß alles echt ist → und Petrus erinnert die Leute dran.

Die Wunder sind der Ausweis. Gott bestätigt Jesus durch die Wunder.

„Hey Freunde! Erinnert Euch doch mal dran,
wie Ihr diesen Jesus erlebt habt.
Wie viele von Euch hier haben durch Jesus
eine Heilung oder Befreiung erlebt?
Handzeichen bitte!!!

WOW! Preis sei Jesus! Das sind ja Tausende!

Danke – Ihr könnt die Hände wieder runter nehmen.
Also Ihr wißt, wovon ich gerade rede – oder?
Das konnte Jesus nur machen,
weil Gott hinter ihm stand und es auch so wollte.
100 %.
Da beißt die Maus keinen Faden ab.
Das war alles echt, live und in Farbe, no Fake.
Keine billigen Kartenspieler – Tricks."

So ähnlich stelle ich mir die Szene vor. Die meisten Leute
nickten, bejahten das, was Petrus grade vom Stapel gelassen
hatte.

Und den gleichen „Ausweis" kriegen wir, wenn wir Gott
glauben und das tun, was er sagt.

Guckst Du!

„Darauf sagte er (Jesus) *zu ihnen:*
Geht hin in alle Welt
und verkündigt die Heilsbotschaft der ganzen Schöpfung!
Wer da gläubig geworden ist (an Jesus Christus)
und sich hat taufen lassen,
wird gerettet werden;
wer aber ungläubig geblieben ist, wird verurteilt werden.
Denen aber, die zum Glauben gekommen sind,
werden diese Wunderzeichen folgen:
(beachte: werden! Es bleibt nicht aus, 100 %)

In meinem Namen werden sie ...
... böse Geister austreiben,
... in neuen Zungen reden,
... werden Schlangen aufheben und,
... wenn sie etwas Todbringendes trinken,
wird es ihnen nicht schaden;...

... Kranken werden sie die Hände auflegen,
und sie werden gesund werden.
(krass – oder?)

Nachdem nun der Herr Jesus zu ihnen geredet hatte,
wurde er in den Himmel emporgehoben
und setzte sich zur Rechten Gottes.
Sie aber zogen aus und predigten überall,
wobei der Herr mitwirkte und das Wort
durch die Zeichen bestätigte, die dabei geschahen. "
Markus 16 / 15 – 20

Gott bestätigte es wieder (!) mit Wundern, Heilungen und außergewöhnlichen Zeichen.
Super. So isser!

Es geschahen genau DIESE Zeichen als Bestätigung, von denen Jesus gerade noch gesprochen, oder besser gesagt - versprochen, verheißen – hatte.
Jesus hält SEIN Wort, wir manchmal (oft?) nicht.

Sorry - von daher müssen WIR (!) uns die Frage stellen oder gefallen lassen, geschehen diese Zeichen auch in meinem und Deinem Leben als Christ?
Sollten sie ja eigentlich.
Falls nicht oder noch nicht alles, MÜSSEN, und das sage ich ganz bewußt so, wir fragen: WIESO NICHT?

Kleine Hilfestellung bei der Antwort: An Gott und Jesus oder dem Wort Gottes liegt es nicht! Es ist schon unveränderlich geschrieben und gesagt und millionenfach so erlebt und bestätigt worden.
Wie gesagt – SORRY!

Gott ist erlebbar. ER liebt es Wunder zu tun. Es ist SEINE Natur, SEIN Charakter, SEINE Handschrift, SEIN Liebesbeweis an Dich und mich.

Und das auch heute immer noch. Große und kleine Wunder. Welche, die man leicht übersieht und andere, die einen förmlich aus den Socken hauen.
The Never – Ending – Love - Story → mit Wundern. Es geht nicht OHNE und ER will es nicht OHNE.

„Wahrlich, wahrlich, ich (Jesus) *sage euch:*
Wer an mich glaubt,
wird die Werke, die ich tue,
auch vollbringen,
ja er wird noch größere als diese vollbringen;
denn ich gehe zum Vater.“
Johannes 14 / 12 + 13a

Ich liebe diese Stelle und kann sie gar nicht oft genug wiederholen, weil sie über mich und Dich spricht (falls Du schon an Jesus glaubst)
Schlichtweg und ergreifend. Ohne wenn und aber. Ohne Hintertürchen.
Für alle verständlich, auch ohne theologischen Hintergrund oder Schnörksel und Kleingedrucktes.

Mamma Mia – was für eine Dimension, was für ein Abenteuer gibt es zu entdecken und erleben. Da ist Indiana Jones ein Kindergeburtstag dagegen. Wie viele Jahre hatte ich das übersehen, nicht gehört und gar nicht gecheckt.

Und Jesus sagt es unmißverständlich zu SEINEN Nachfolgern. Keine Debatte, Ausrede, Mißverständnis.

„Wer an MICH (Jesus) glaubt …

Bitte nur an J E S U S glauben – nicht an eine Kirche oder Lehre oder sonst was Frommes oder Religiöses oder andere Personen.
Einfach nur **JESUS** – wie ER leibt und lebt und uns in der Bibel beschrieben und gezeigt wird. Wie der Heilige Geist IHN offenbart.

Nicht, wie Menschen IHN interpretieren, sehen wollen, pervertieren, versuchen zu erklären oder zu widerlegen. (da gibt es ja heute so einen Künstler - Typen, der Jesus als Homosexuellen darstellt und sogar Ausstellungen veranstaltet – Mamma Mia! Was für eine Blasphemie.)

Jesus liebt diesen Typen genauso, das ist ja so erstaunlich und großartig. Mancher erkennt Jesus, den Retter und Befreier halt erst später – oder gar nicht?

Only Jesus!!!!

He is enough and everything!

Er ist völlig ausreichend und Alles!

Genial. Simple. Yippie!

„Ebenso, sage ich (Jesus) *euch,*
herrscht Freude bei den Engeln Gottes
über einen einzigen Sünder, der sich bekehrt. "
Lukas 15 / 10

Das ist das GRÖßTE WUNDER schlechthin.

Wenn ein Mensch erkennt, daß er verloren ist und Rettung braucht. Erkennt, daß es nicht durch eigene Leistung, gut sein, soziales Verhalten, religiös oder ähnliches, Gott beeindrucken kann.

Sondern er realisiert, daß nur im Annehmen von Jesus, er in den Himmel kommt. Aber ich will hier jetzt nicht alles vorweg nehmen, sonst sind ja in der Mitte des Buches nur leere Seiten. Schaut auch nicht gut aus. Also gedulde Dich noch a weng.

Wenn ein Mensch geheilt oder freigesetzt wird, wenn gewaltige Wunder geschehen, wie zum Beispiel hier in dem Buch geschrieben, dann ist das alles noch kein Grund für die Engel – Mannschaft, ein Faß aufzumachen, zu jubeln, feiern und große Freude zu haben.

Denn diese „Aktionen" sind im Reich Gottes normal und geschehen ständig.

Aber ein Mensch tut Buße, das heißt, er erkennt daß er total falsch gelegen hat, voll am Ziel und Leben vorbeirauscht, Zielverfehlung – und dann umkehrt.

Das ist ein Wunder, wo es selbst die Engel vor Freude vom Hocker reißt.

Gottes Lieblingswunder ist, wenn ein Mensch Jesus erkennt, annimmt und dadurch gerettet wird.

Blinde Augen öffnen sich

Andra und ich waren 2018 zu einem Heilungs-Seminar in die Gemeinde von Apostel Raúl Reyes, „Un Estilo de Vida" nach La Plata / Argentinien eingeladen worden. Wir sollten dort ein ganzes Wochenende zum Thema „Heilung im Namen Jesus" lehren und für die Menschen beten. Hunderte von Menschen waren gekommen, um das Wort Gottes zu diesem Bereich zu hören und zu erleben.

Es war eine starke Salbung des Heiligen Geistes auf diesem speziellen Wochenende und wir waren selbst gespannt, was alles passieren würde.

Und Jesus bestätigte sein Wort, das wir gelehrt und gepredigt hatten gemäß Markus 16 / 20:

> *„Sie aber* **(Günther & Andra)** *zogen aus*
> *und predigten überall,*
> *(z.B. La Plata / Argentinien)*
> *wobei der Herr mitwirkte und das Wort*
> *durch die Zeichen bestätigte, die dabei geschahen."*
> *(Danke Jesus)*

Erinnerst Du Dich? Ausweis von Gott und so?

Es geschahen hunderte von Heilungen, die viele Menschen dort im Seminar oder auch die Wochen danach bezeugten. Mit jedem Zeugnis wuchs die Hoffnung und der Glaube an Jesus. Es war eine Aufregung, eine Begeisterung unter den Leuten, der Geräuschpegel war oft so hoch, daß man sein eigenes Wort nicht mehr verstand, geschweige die Gebetsanliegen der Einzelnen.

Und trotzdem beteten wir für die Menschen, weil Jesus wußte, was nötig war.

Eine Frau kam mit ihrem circa 9 jährigen Jungen zum Gebet zu mir, erzählte in all dieser Geräuschkulisse etwas und deutete auf ihren Jungen.
Ich verstand, daß der Sohnemann irgendein Problem hatte, aber hatte keine Ahnung was es war und betete für ihn.
Völlig unspektakulär, völlig ahnungslos, aber voller Glauben an Jesus und SEINE Heilungskraft.

Die Mutter ging mit ihrem Sohn danach weg. Ich dachte, ich sähe sie nie wieder. Von wegen!

Zwei Wochen später waren wir wieder in dieser Gemeinde, um wieder mit dem Wort Gottes und Gebet zu dienen.

Die Mutter mit ihrem Jungen war auch wieder da, diesmal war sogar der Vater dabei.
Sie erzählte (es war sehr viel ruhiger, man konnte sich verständigen ☺) daß sie zum Gebet nach vorne gekommen war, weil ihr Sohn mit einem blinden, linken Auge geboren worden war und sie jetzt, in dem Heilungs – Seminar, die Hoffnung hatte, daß Jesus das Auge heilen würde. Nachdem ich für den Jungen gebetet hatte, gingen sie nach Hause. Es war anscheinend nix passiert, alles beim Alten. Das Auge war blind.

Am Tag darauf kam der Junge zu seiner Mutter und sagte: „Mama, ich kann auf dem blinden Auge etwas sehen!"

„Nein mein Junge, da täuscht Du Dich, das Auge ist blind" war die Antwort der Mutter. Der Junge gab nicht nach und wiederholte seine Aussage immer wieder, daß er auf dem blinden Auge etwas sehen könne, das wäre noch nie so gewesen.
Die Mutter hielt zunächst an ihrem Wissen und Überzeugung fest, daß das eine Auge seit der Geburt blind sei.
Letztlich wurde sie durch die Hartnäckigkeit des Jungen

stutzig und sie machte ein paar einfache Tests mit dem Jungen und stellte fest, daß da jetzt etwas anders war und er offenbar wirklich etwas sehen könne. Sollte bei dem Heilungsgebet doch was passiert sein?

Also ab zum Augenarzt, bei dem sie immer gewesen waren und der Arzt untersuchte das linke Auge des Jungen.
Sein Ergebnis war, daß der Junge auf dem blinden Auge jetzt ca. 30 Prozent Sehfähigkeit hatte. Er könne sich das nicht erklären, weil der Junge ja auf dem Auge blind geboren war, er kannte ihn.

Der Arzt schickte die Frau mit ihrem Sohn wieder nach Hause, sie sollten die Sache weiter beobachten und ihm berichten, er könne im Moment auch nichts weiter machen.

Im Verlauf der Woche wurde die Sehfähigkeit immer besser und sie beschlossen, wieder beim Augenarzt vorstellig zu werden.
Eine erneute fachärztliche Untersuchung ergab, daß der Junge 100 Prozent Sehkraft auf beiden Augen hatte.
Welch eine Überraschung für den Arzt und die Frau bezeugte ihm von dem Heilungsgebet und dem Eingreifen von Jesus.

Ich war total begeistert von diesem Heilungsbericht, rief ein „Gloria Jesús" aus und wollte schon mit der Frau ein Dankgebet sprechen, als sie mich unterbrach.

„Ich bin noch nicht fertig, der Hammer kommt noch!"
Ich schaute sie etwas ratlos, aber gespannt an.

„Mein Mann, der Vater des Jungen, wurde auch mit einem blinden Auge geboren, aber auf der anderen Seite, rechts. Er konnte mit dem Auge noch nie etwas sehen.
Er war bei dem Heilungsgebet nicht dabei, aber als der Heilungsprozeß bei unserem Sohn anfing, stellte auch er fest, daß er auf seinem blinden, rechten Auge etwas wahrnehmen

konnte. Im Verlauf der Woche wurde es immer besser. Auch er ging zum Augenarzt und dieser bestätigte ihm circa 80 Prozent Sehkraft auf dem vormals total blinden Auge, bis zum jetzigen Zeitpunkt.
Wir glauben und vertrauen, daß Jesus hier auch vollendet, was ER angefangen hat"

Ich war total überrascht von diesem Bericht, aber natürlich völlig begeistert und dankbar.
Jesus hatte uns alle überrascht. Aber so ist ER oft. ☺

Jesus hat uns in den zurückliegenden Jahren mehr und mehr, tiefer und intensiver in diesen so wichtigen Aspekt des Reiches Gottes hineingeführt.
Je mehr wir im Wort studieren, Gottes Wesen und Handeln erkennen, den Dienst von Jesus zu seiner Zeit hier auf der Erde anschauen, die erste Gemeinde, wie sie in der Apostelgeschichte beschrieben ist, wirken sehen, stellen wir fest, daß dies alles mit einer gewaltigen Dimension von Kraft, Zeichen, Wundern und Heilungen geschah, von denen jeder in der Gegend sprach.

„Ihr Männer von Israel, vernehmt diese Worte!
Jesus von Nazareth, einen Mann, der als Gottgesandter
durch Machttaten, Wunder und Zeichen,
die Gott durch ihn in eurer Mitte getan hat,
wie ihr selbst wißt, vor euch erwiesen worden ist ..."
Apostelgeschichte 2 / 22
(Apostel Petrus in seiner Pfingstpredigt)

„Es gibt aber noch vieles andere, was Jesus getan hat;
wollte man das alles im einzelnen aufschreiben,
so würde nach meiner Überzeugung
die Welt die Bücher nicht fassen,
die dann zu schreiben wären."
Johannes 21 / 25
(das ist ein krasses Statement – oder?)

„Alle diese waren gekommen, um ihn (Jesus) *zu hören
und sich von ihren Krankheiten heilen zu lassen;
auch die von unreinen Geistern Geplagten fanden Heilung;
und die ganze Volksmenge suchte ihn anzurühren,
denn eine Kraft ging von ihm aus und heilte alle."*
Lukas 6 / 18 + 19

*„So durchwanderte Jesus alle Städte und Dörfer,
indem er in ihren Synagogen lehrte,
die Heilsbotschaft vom Reiche Gottes verkündigte
und alle Krankheiten und alle Gebrechen heilte."*
Matthäus 9 / 35

*„Aber auch aus den rings um Jerusalem liegenden
Ortschaften strömte die Bevölkerung zusammen
und brachte Kranke und von unreinen Geistern Geplagte
dorthin, die dann alle geheilt wurden."*
Apostelgeschichte 5 / 16
(das geschah durch die erste Gemeinde
und das erzürnte die religiösen Führer,
weil es ihre Machtposition und Theologie blamierte
und in Frage stellte, und das geht ja gar nicht!
Lies in der Apostelgeschichte 5, wie es weitergeht.
Aber schnall` Dich dabei an und halt Dich fest!)

Da sich Jesus und auch sein Vater, der Gott der Bibel nie
verändert, sondern immer der Selbe war, ist und sein wird,
wird ER auch immer das Selbe durch den Heiligen Geist tun.
Das ist sein Wille, sein Charakter, sein Ausdruck der Liebe zu
uns Menschen.

*„Jesus Christus ist gestern und heute derselbe
und* (ist's auch & bleibt's auch) *in Ewigkeit!"*
Hebräer 13 / 8

Und das können und wollen wir nicht leugnen, ignorieren, kleinreden oder sonst negieren. So isses einfach.

Auch wenn es christliche Führer und Leiter nervös und aggressiv macht. Es hat sich leider nix geändert. Sie kämpfen um ihr kleines, armseliges Reich.

Aber Gottes Reich ist Kraft, Wunder als Bestätigung des Wortes. Alles andere ist nicht Gottes Reich, auch wenn es so genannt werden mag.

Du kannst und solltest nicht Gott von SEINEN Wundern trennen.

Und wir sollen, können, dürfen und müssen als Leib Jesu zu dieser Dimension zurück, um den Menschen in der jetzigen Endphase der Weltgeschichte die Liebe Gottes und SEINE unbegrenzte Macht und Möglichkeiten zu zeigen. In die Dimension des „Unvorstellbaren".

Es werden und können Wunder geschehen, die wir uns niemals hätten überhaupt vorstellen können.

„vielmehr (predigen wir so), wie geschrieben steht:
Was kein Auge gesehen
und kein Ohr gehört hat
und wovon keines Menschen Herz eine Ahnung gehabt hat,
nämlich das, was Gott denen bereitet hat, die ihn lieben.
Uns aber hat Gott dies durch den Geist geoffenbart;
denn der Geist erforscht alles, selbst die Tiefen Gottes.
Denn wer von den Menschen kennt
das innere Wesen eines Menschen?
Doch nur der Geist,
der in dem betreffenden Menschen wohnt.
Ebenso hat auch niemand das innere Wesen Gottes erkannt
als nur der Geist Gottes.
Wir aber haben nicht den Geist der Welt empfangen,
sondern den Geist, der aus Gott ist,
um das zu erkennen,
was uns von Gott aus Gnaden geschenkt worden ist."
1.Korinther 2 / 9 – 12

Ich persönlich stelle für mich fest, daß ich eigentlich noch zu wenig Ahnung von den Möglichkeiten Gottes und dem habe, was mir „von Gott geschenkt ist".

Ich bitte den Heiligen Geist ernsthaft darum, mich in diese Dimension des „Unvorstellbaren", „noch niemals gehört oder gesehen" hineinzubringen. In dieses „von Gott geschenkt".

Wenn Gott es uns schenkt, sollten wir es annehmen, auspacken, einsetzen, genießen und jubeln über unseren liebenden, beschenkenden Vater im Himmel.

Und nur zu SEINER EHRE. (nicht meiner!)

Also theoretisch weiß ich es schon, weil es ja im Wort Gottes steht. Ich hatte es oft genug gehört und gelesen.

Ich weiß:
- GOTT kann ALLES
- GOTT ist unbegrenzt
- GOTT ist u.a. Kraft → Dynamis!
  (äääh - klingelt da was bei Dir? Dynamit und so?)
- ich lese die Wunder, die Jesus gemacht hatte
- und die gewaltigen Dinge, die Gott schon im Alten Testament gezeigt hat

soweit alles claro, check, supi ☺ ...

... aber erwarte ich es wirklich HEUTE?
- in meinem Leben – ganz praktisch?
- die gleiche, unfassbare Dimension?
- in unserer Gemeinde und unserem Dienst?
- durch mich?
- Wunder von denen in den Abendnachrichten zu hören ist?
- Totenauferweckung?
- Menschenmassen die zusammenkommen, um zu sehen und selbst zu erleben?
- dadurch auch Jesus als Herrn anzunehmen?

Ich brauche Hilfe vom Heiligen Geist um das wirklich zu glauben, es mir überhaupt ansatzweise vorzustellen und vor allem es zu erwarten.

Denn manchmal stelle ich fest, daß mein Glaube eigentlich nur eine Übereinstimmung, eine Anerkennung der Wahrheit ist, aber noch keine kreative Überzeugung hat, die etwas bewegt, so wie es im Hebräerbrief 11 / 1 definiert ist.

Und ich bin überzeugt, die Gemeinde Jesu weltweit, - egal welcher Couleur, auch.

Ich will das sehen und erleben – und zwar nach Möglichkeit alles - was Jesus zu seinen Jüngern gesagt hat, was die erste Gemeinde in der Apostelgeschichte erlebt hat und danach, über die Jahrhunderte hindurch, immer wieder von Jüngern Jesu erlebt wurde.

„Er rief dann seine zwölf Jünger herbei
und verlieh ihnen Macht über die unreinen Geister,
so daß sie diese auszutreiben
*und **alle** Krankheiten und **jedes** Gebrechen*
zu heilen vermochten. "
Matthäus 10 / 1

„Auf eurer Wanderung predigt:
Das Himmelreich ist nahe herbeigekommen!
Heilt Kranke,
weckt Tote auf,
macht Aussätzige rein,
treibt böse Geister aus:
umsonst habt ihr's empfangen,
umsonst sollt ihr's auch weitergeben!"
Matthäus 10 / 7 + 8

„Die Versprengten
(die aus Jerusalem vertriebenen und geflüchteten Jünger)
nun zogen im Lande umher
und verkündigten die Heilsbotschaft.
Dabei kam Philippus in die Hauptstadt von Samarien hinab
und predigte ihren Bewohnern
den Gottgesalbten (Jesus Christus).
Die Volksmenge zeigte sich allgemein
für die Predigt des Philippus empfänglich,
indem sie ihm zuhörten
und die Zeichen sahen, die er tat;
denn aus vielen fuhren die unreinen Geister,
von denen sie besessen waren, mit lautem Geschrei aus,
und zahlreiche Gelähmte und Verkrüppelte wurden geheilt.
Darüber herrschte in jener Stadt große Freude."
Apostelgeschichte 8 / 4 – 8

WOW – was für eine Dimension Gottes und damit auch der Jesus-Leute! HEUTE!

Stell Dir das mal vor!

Verkrüppelte Menschen – es knirscht und knackt, wenn die Knochen wieder gerade werden und an ihren Platz kommen.

Amputierte Gliedmaßen wieder nachwachsen – vor den Augen der fast in Ohnmacht fallenden Anwesenden.

Unheilbare Krankheiten einfach im Namen Jesus verschwinden und alle erzeugten Auswirkungen und Einschränkungen mitnehmen.

Psychosen, Schizophrenie, Geisteskrankheiten plötzlich nicht mehr da sind, weil der Name Jesus sie eliminiert hat.

Abhängige schlagartig von Alkohol, Drogen, Sexsucht, Pädophilie, Spielsucht und anderen Süchten sichtbar und spürbar freiwerden und die körperlichen, seelischen und psychischen Verfallserscheinungen sofort vor den Augen aller geheilt werden.

Lies das mal in der Bibel nach, im Markusevangelium Kapitel 5.

Eine total krasse Story. Nightmare Pur. Horror – Erlebnis für die Jünger. Nix für Anfänger und schwache Nerven.
Ein völlig durchgeknallter Typ, nicht zu bändigen, dämonisch stark, alle Ketten zum Fesseln zerrissen, haust auf dem Friedhof in einer Grabhöhle, tobt und rast wie ein Irrer (was er ja auch war) → er trifft Jesus und die Kraft des Heiligen Geistes und wird sofort frei, gesund und völlig klar in der Birne und Jesus schickt ihn einfach heim, ohne Reha, Aufsicht oder Nachuntersuchung.

Da dagegen sieht Alfred Hitchcock oder Klaus Kinski mit ihren Horrorfilmen oder Romanen blaß aus.

Und jetzt stell Dir vor, das geschieht in deutschen Psychiatrien massenhaft. Das gibt weltweite Schlagzeilen. Das senkt die Kosten im Gesundheitswesen. Der Gesundheitsminister flippt aus vor Freude.

Die Krankenkassen würden ihren „Zehnten" mit Freuden an die entsprechenden Gemeinden zahlen. ☺

Und noch vieles mehr, die Liste der Möglichkeiten ist unendlich … und das sagt das Wort Gottes.

Jesus hat gesellschaftliche Auswirkung, wenn ER denn dürfte. Und wir als Gemeinden würden das Bundesverdienstkreuz am Bande kriegen, weil wir im Namen Jesus soviel Gutes und „Unmögliches" fürs Land und die geplagten Menschen tun.

Hoffnung für das Land

Wir leben in Deutschland, einem christlichen Land (und das wird es auch bleiben!), einem guten und gesegneten Land, dem Land der Reformation, wo Luther den religiösen Fluch von Götzendienst, Wort-Gottes-Verdrehung, Okkultismus und Spiritismus, massiven Heiligen- und Menschenverehrung, Machtmißbrauch und Geschäftemacherei, Sündenvergebung durch Geldzahlungen und vieles mehr, angeprangert und durchbrochen hatte, um wieder das Zentrum des Evangeliums und des Wortes Gottes aufzurichten, nämlich:

**Errettung durch Gottes Gnade
und nur Rechtfertigung durch Jesus Christus allein**

Back to the roots, zurück auf Anfang, reset, Neustart – das war die Botschaft. Da hatte er eine volle Offenbarung durch den Heiligen Geist, inmitten dieses religiösen Dschungels.

Die Menschen wieder in die Arme Gottes bringen, durch das persönliche Annehmen von dem, was Jesus am Kreuz für mich, für Dich, für alle Menschen getan hat.
Jesus hat den Preis für die Erlösung bezahlt, einen immerwährenden Sieg über den Teufel, den Tod, die Sünde und Krankheit errungen, damit wir wieder mit Gott versöhnt sein können.

*„Wohl dem Volk, dessen Gott der HERR ist,
dem Volk, das zum Eigentum er sich erwählt hat!"*
Psalm 33 / 12

*„Fordere von mir, so gebe ich dir die Völker zum Erbe
und dir zum Besitz die Enden der Erde."*
Psalm 2 / 8

Deutschland ist Teil des Erbes um das Jesus beim Vater gebeten hat. Jesus hat eine weltweite Erlösung erkauft. Die Nationen gehören IHM. ER hat für Deutschland bezahlt, Deutschland gehört JESUS, egal, wenn andere Leute anderer Meinung sind, die Erlösung steht zur Verfügung, sie braucht nur noch angenommen werden. Halleluja!

Wir würden als Volk, als Nation, gut daran tun, den Gott der Bibel wieder ins Bewußtsein zu nehmen und IHN wieder zu unserem Herrn zu machen.

Eigentlich sind wir in Deutschland und auch unsere Politik, egal welcher Partei - Farbe, von unserem Grundgesetz dazu verpflichtet!

(Deswegen hier mal ein kleiner Exkurs in unsere deutschen Rechtsgrundlagen – nach meinem Verständnis.)

Damit würden wir, als gegenwärtige Gesellschaft, das tun, was wir uns am 23. Mai 1949 im Grundgesetz als deutsche Nation gegeben haben!

Grundgesetz für die Bundesrepublik Deutschland
Präambel

Im Bewußtsein seiner Verantwortung vor Gott und den Menschen,

von dem Willen beseelt, als gleichberechtigtes Glied in einem vereinten Europa dem Frieden der Welt zu dienen, hat sich das Deutsche Volk kraft seiner verfassungsgebenden Gewalt dieses Grundgesetz gegeben. Die Deutschen in den Ländern Baden-Württemberg, Bayern, Berlin, Brandenburg, Bremen, Hamburg, Hessen, Mecklenburg-Vorpommern, Niedersachsen, Nordrhein-Westfalen, Rheinland-Pfalz, Saarland, Sachsen, Sachsen-Anhalt, Schleswig-Holstein und Thüringen haben in freier Selbstbestimmung die Einheit und Freiheit Deutschlands vollendet. **Damit gilt dieses Grundgesetz für das gesamte Deutsche Volk.**

(Quelle: Internet / Bundesministerium der Justiz / www.gesetze-im-internet.de, / 27.04.2024)

Wow! Das ist schon stark. Es gilt für das gesamte Deutsche Volk und alle, die in Deutschland leben. Nicht nur die deutschen Staatsbürger.

Aber darüber reden sie heute nicht mehr viel.

Aber halt Dich fest, es kommt noch besser und deutlicher!

Verfassung des Freistaates Bayern
vom 08.12.1946
in der Fassung der Bekanntmachung vom
15. Dezember 1998
Präambel

Angesichts des Trümmerfeldes, zu dem eine Staats- und Gesellschaftsordnung ohne Gott, ohne Gewissen und ohne Achtung vor der Würde des Menschen die Überlebenden des zweiten Weltkrieges geführt hat, in dem festen Entschlusse, den kommenden deutschen Geschlechtern die Segnungen des Friedens, der Menschlichkeit und des Rechtes dauernd zu sichern, gibt sich das Bayerische Volk, eingedenk seiner mehr als tausendjährigen Geschichte, nachstehende demokratische Verfassung

Am **1. Dezember 1946** nahm das bayerische Volk die von der Verfassunggebenden Landesversammlung ausgearbeitete Verfassung des Freistaates Bayern durch Volksentscheid an. Sie trat mit ihrer Veröffentlichung im Bayerischen Gesetz- und Verordnungsblatt am 8. Dezember 1946 in Kraft.
(Quelle: Internet, www.gesetze-bayern.de, 29.04.2024)

Die Präambel ist zwar noch kein detailliertes Gesetz, aber sie legt das Fundament, den Grundstein, den Maßstab für alle nachfolgenden Gesetze. Sie ist wie der geistliche Hintergrund der Verfassung oder Grundgesetz.

Präambel (von lateinisch *praeambulare* „vorangehen"; über mittellateinisch *praeambulum* „Einleitung") bezeichnet heute eine meist feierliche, in gehobener Sprache abgefasste Erklärung am Anfang einer Urkunde, insbesondere einer Verfassung oder eines völkerrechtlichen Vertrages. So enthalten das deutsche Grundgesetz, die Bundesverfassung der Schweizerischen Eidgenossenschaft sowie der österreichische Staatsvertrag (1955) eine Präambel. Sie dient heutzutage der Darstellung von Motiven, Absichten und Zwecken ihrer Urheber und gibt den jeweiligen Basiskonsens wieder. In Zeiten der Arbeit an einer europäischen Verfassung ist die Erwähnung eines besonderen religiösen Bezuges beziehungsweise einer *invocatio dei* im Rahmen der Präambel umstritten.

Das Grundgesetz ist den Länderverfassungen übergeordnet.

Es ist bezeichnend, gewollt und explizit erwähnt, daß diese Präambel des Grundgesetzes (mit der Verantwortung vor Gott ...) auch für die Bundesländer gilt, die in ihren Länderverfassungen keinen Gottesbezug verankert haben.

Ein Blick in die Verfassungen der 17 deutschen Bundesländer ergibt ein interessantes Bild auf den sogenannten „Gottesbezug".

Nicht alle Bundesländer haben ihn in der Präambel ihrer Verfassungen verankert.

Ohne Gottesbezug:
Berlin, Saarland, Sachsen, Sachsen-Anhalt, Hessen, Schleswig-Holstein, Mecklenburg-Vorpommern, Hamburg, Bremen, Thüringen, Brandenburg,

Mit Gottesbezug:
Bayern, Baden-Württemberg, Niedersachsen, Rheinland-Pfalz

Ein Bundesland definiert es sogar noch exakter, indem sie den **Gott der Bibel als Urgrund des Rechts und als Schöpfer aller menschlichen Gemeinschaft** anerkennen, sogar definieren.

WOW – Halleluja – Suuuuper – Yippie – Glückwunsch – Gott sei Dank!
Deutschland ist noch nicht verloren!

Verfassung Rheinland-Pfalz, vom 18.05.1947: Präambel:

Im Bewusstsein der Verantwortung vor Gott, dem Urgrund des Rechts und Schöpfer aller menschlichen Gemeinschaft, …
(Quelle: Internet / aktuelle Onlineversionen der Länderverfassungen / 2024)

Aber bleiben wir bei den Bayern.
Weil ich hier wohne und lebe, weil ich es liebe und weil Jesus es liebt.
(die anderen Bundesländer natürlich auch ☺)
Also wir reden jetzt nicht von den Fußballern vom FC Bayern München, sondern von den Bayern, als Menschen generell, als Freistaat und der Bayerischen Verfassung.

Schauen wir auch mal kurz in den schulischen Bildungsauftrag, da wird es nochmal betont und kommt auf den Punkt.

Artikel 131, Absatz 2 der Bayerischen Verfassung

(2) **Oberste Bildungsziele sind Ehrfurcht vor Gott**,
Achtung vor religiöser Überzeugung und vor der Würde des Menschen, Selbstbeherrschung, Verantwortungsgefühl und Verantwortungsfreudigkeit, Hilfsbereitschaft, Aufgeschlossenheit für alles Wahre, Gute und Schöne und Verantwortungsbewußtsein für Natur und Umwelt.

Was für ein Bildungsziel!
Die „Alten" hatten es gewußt!

Es versteht sich für mich von selbst, daß die Verfasser des Grundgesetzes und der entsprechenden Länderverfassungen von dem Gott der Bibel reden. Kurz nach dem Ende des Zweiten Weltkrieges gab es in Deutschland noch keine „anderen, importierten Götter". Es gab keine Verbreitung von Glaubensüberzeugungen an Allah, Buddha, oder anderen Mächten. Im kleinen Rahmen vielleicht, aber ohne gesellschaftliche Auswirkung. Das kam erst viel später.

Es war die über viele Jahrhunderte gewachsene, gelebte und erlebte Überzeugung an den Gott der Bibel, an Jesus den Erlöser und den Heiligen Geist als gottgegebenen Helfer. Die diesbezüglichen gesetzlichen Feiertage sprechen für sich. Weihnachten, Ostern, Himmelfahrt, Pfingsten.
Es geht ganz eindeutig um Gott, den Vater von Jesus Christus und den Heiligen Geist. Und um niemanden anders.

Es war ein „einfacher" Glaube an den Gott der Bibel, natürlich und leider auch mit all seinen gelebten Fehlern und Mißverständnissen, Mißbräuchen und theologischen Fehlinterpretationen. Aber auch mit der Mehrzahl des erlebten Segens, der von diesem Glauben an Gott ausging.
Aber der Grund und die allgemeine Ausrichtung war der Gott der Bibel und ER ist es heute noch.

Der Gott der Bibel, der Vater des Erlösers Jesus Christus ist gemäß Grundgesetz und einiger Länderverfassungen, meiner Auffassung und Überzeugung nach, immer noch alleinige Grundlage im Land.

Und das bei aller Toleranz gegenüber den Menschen aus aller Herren Länder, die etwas anderes glauben und danach leben. Das dürfen und sollen sie, es ist ihr gutes Recht, aber es ist nicht die Grundlage unseres Grundgesetzes. Und deswegen gehört der Islam oder sonst was immer, nicht zu Deutschland. Sorry – steht nicht im Grundgesetz.

Die vielzitierte absolute Trennung von Kirche und Staat in der Form gibt es nicht, es ist ein „partnerschaftliches" Miteinander, geregelt durch eine Vielzahl an Verträgen und Übereinkommen. Gerade jetzt, Stand August 2024, ist es wieder politisches Thema, diese Verträge endgültig zu entflechten und zu beenden.

Der Staat als „Institution", als „Staatsorgan" hat sich das NEUTRALITÄTSGEBOT gegeben, das heißt, er muß und will jedem Menschen seine Religionsfreiheit und -ausübung möglich machen.

Aber letztlich ändert es die Präambel mit dem Gottesbezug nicht.

Wie gesagt, das ist meine Überzeugung und Sichtweise, wer es anders sieht, sieht es anders.

Diese Freiheit haben wir GOTT SEI DANK in Deutschland.

Aber bei all dem Durcheinander, des Vergessens und Aufweichung, deswegen brauchen wir wieder eine frische Offenbarung über diesen Gott der Bibel, SEINE liebevollen Pläne für unser Land und Menschen, SEINE Berufung für Deutschland zu erkennen und sich darauf einzulassen.

„Wenn keine prophetische Offenbarung da ist,
wird das Volk zügellos;
aber wohl ihm, wenn es das Gesetz (Gottes) beobachtet!"
(für uns heute ist es das Wort Gottes – die Bibel)
Sprüche 29 / 18

Stell Dir mal vor, ein Apostel oder Prophet ist ständiges Mitglied im Bundestag und gibt prophetische Worte Gottes, Warnungen und Ideen Gottes weiter und er wird gehört!
Wunschtraum? Verrückt? Oder eine Gebetserhörung?
Schau mer mal.

Es gibt übrigens biblische Beispiele dafür.

Schau mal im Alten Testament bei den Propheten
(z.B. 2.Könige 6)
oder auch im Neuen Testament, was die Männer und Frauen
Gottes den Mächtigen und Regierenden ins Gesicht sagten.

Viel Spaß und Erkenntnis beim Suchen. ☺

Situation im Land

Ich glaube das muß man hier nicht großartig thematisch entwickeln, jeder im Land sieht, hört und erlebt es vielfältig.

Wir leben derzeit in einem Meer von Hoffnungslosigkeit, fehlender Zukunftsperspektive, Ängsten, Unsicherheiten, Ratlosigkeit, ungeheuerlicher Überheblichkeiten und einer großen Gottlosigkeit.

Du schaust die Nachrichten an und danach brauchst du eigentlich einen Seelsorger, Psychiater oder sonstigen guten Trauma – Therapeuten. Manche nehmen auch Alk oder Drogen.
Es ist eine Horror – Show! Nur Mord und Totschlag, Krieg, Gewalt, Kriminalität, Lüge, Habgier, Egoismus und noch soviel mehr.

Wo sind die Nachrichten über den Gott der Wunder, seine Hilfestellungen, Botschaften der Hoffnung, Rettung und Perspektiven? Wo hört oder liest man noch davon?

Klar, das sind zunächst die Hauptattribute der Botschaften der Gemeinde Jesu, der Bibel und nicht der Nachrichten.
Aber wir sollten ihnen den Stoff liefern, den sie senden.
Der Stoff, aus dem die Träume der Menschen kommen.
Es soll im Land bekannt werden.
Jesus hat diese Wunder gezeigt, und ganz Israel hat darüber gesprochen. Befürworter und Gegner.
Die erste Gemeinde hat es gezeigt und gelebt und die ganze Welt hat darüber geredet und wurde aufgerüttelt und verändert.

Glaubst Du nicht?

Guckst Du!

Staunst Du!

„Als man sie (Paulus u.a.) *dort aber nicht fand,*
schleppten sie den Jason und einige Brüder
vor die Oberhäupter der Stadt, wobei sie schrien:
Diese Menschen, die den ganzen Erdkreis aufgewiegelt
haben, sind jetzt auch hierher gekommen:"
Apostelgeschichte 17 / 6

Die Botschaft von Jesus war in vielen Ländern der damals
bekannten Welt angekommen. Auch in Griechenland. Und in
Thessalonich wollten die religiösen Führer dem Apostel
Paulus ans Leder ☹ † und ihn lynchen. Haben sie aber nicht
geschafft! ☺

Aber wie schaut es heute bei uns aus? Was ist uns
verlorengegangen?
Wie schon gesagt, auch auf vielen Webseiten von Kirchen
und Freikirchen findet man keinen Hinweis auf das
„WUNDER-bare" Handeln von Jesus. Null – nix! Schade.
Obwohl es doch ganz klar zum Gemeindeprogramm
dazugehört, bzw. sollte. Und es soll verkündigt werden, auf
jede erdenkliche Art.
Das hat schon der alte König David gewußt und getan:

„(Ein Psalm...) Von David.
Lobe den HERRN, meine Seele,
und all mein Inneres seinen heiligen Namen!
Lobe den HERRN, meine Seele,
und vergiß nicht, was er dir Gutes getan!
Der dir alle deine Schuld vergibt
und alle deine Gebrechen heilt;
der dein Leben erlöst vom Verderben,
der dich krönt mit Gnade und Erbarmen;
der dein Alter mit guten Gaben sättigt,
daß, dem Adler gleich, sich deine Jugend erneuert. "
Psalm 103 / 1 - 5

„Preisen will ich den HERRN von ganzem Herzen,
verkünden all deine Wundertaten,
ich will deiner mich freun und frohlocken,
will lobsingen deinem Namen, du Höchster. "
Psalm 9 / 2 + 3

„Zahlreich sind die Wunder, die du getan hast,
und deine Heilsgedanken mit uns,
o HERR, mein Gott;
dir ist nichts zu vergleichen;
wollt' ich von ihnen reden und sie verkünden
– sie übersteigen jede Zahl. "
Psalm 40 / 6

„das wollen wir ihren Kindern nicht verschweigen,
sondern dem künftigen Geschlecht verkünden
die Ruhmestaten des HERRN und seine Stärke
und die Wunder, die er getan hat. "
Psalm 78 / 4

Selbst in vielen Predigten der großen Kirchen und auch anderer Gemeinden, besonders an den hohen Feiertagen, wo die Kirchen erfahrungsgemäß voll sind und mediale Aufmerksamkeit genießen, wird mehr über Politik, Umwelt und Klima, Frösche retten, gegen bestimmte Parteien, etc. gepredigt. Anstatt von Jesus, dem alleinigen Weg zu Gott und der Errettung.
Gott ist die Rettung, die Lösung und der Weg – in Jesus Christus. Nicht die Parteien. Die bringen uns nicht ins Paradies, eher das Gegenteil.

Jesus als Retter und Erlöser steht oft nicht mehr im Mittelpunkt. Die Buße und Umkehr des Menschen, die Notwendigkeit einer persönlichen Beziehung zu Jesus, die erlebte Freiheit, Frieden, Heilung und Befreiung durch Jesus wird einfach verwässert, weichgespült oder gleich ganz unterschlagen.

Manche Predigten erwecken den Eindruck, eine neue, politische Partei ist angetreten.

Die „Kirchen - Partei".

Aber da ist leider oft so wenig JESUS im Programm.

Aber das war und ist nicht die Botschaft von Jesus.

Er starb nicht für den Klimawandel, die Krötenwanderung oder das Tierwohl.

Das ist auch wichtig, daß wir uns darum kümmern, aber erst geht es um unsere persönliche Rettung durch Jesus.

> *„Denn was könnte es einem Menschen helfen,*
> *wenn er die ganze Welt gewinnen würde,*
> *aber sein Leben einbüßte?*
> *Oder was könnte ein Mensch*
> *als Gegenwert für sein Leben geben?"*
> Matthäus 16 / 26

Jesus starb wegen des „Menschen - Wohles" , das heißt zur Vergebung der Sünde, Errettung, ewiges Leben bei Gott, Befreiung von Süchten und aus der Knechtschaft des Teufels und einiges mehr.

> *„ Denn der Menschensohn* (Jesus)
> *ist gekommen,*
> *das Verlorene zu suchen und zu retten. "*
> Lukas 19 / 10

„nämlich wie Gott,
Jesus von Nazareth
mit heiligem Geist und mit Kraft gesalbt hat,
wie dieser dann umhergezogen ist und Gutes getan
und alle geheilt hat,
die vom Teufel überwältigt waren,
(die unter der Herrschaft / Einfluß des Teufels standen)
denn Gott war mit ihm; "
Apostelgeschichte 10 / 38

Das gilt uns! Das ist unsere Chance!
Jesus sucht uns, um uns zu retten!
Yippee!

Ich möchte hier nicht unfair erscheinen oder so tun, als ob alles schlecht wäre.
NEIN – überhaupt nicht! Wir haben viele ernsthafte und feurige Nachfolger Jesu, viele gute Gemeinden im Land, die das Evangelium mit klarer Kante, unerschrocken, ohne frommen Weichspüler und Mainstream - Geist verkündigen.

GOTT sei DANK – es gibt Gemeinden im Land, die eine klare, biblische Lehre und Verkündigung haben und viele Berichte von Wundern durch das Eingreifen Gottes.

Herzlichen Glückwunsch – Ihr Helden Gottes!
Danke für jedes Zeugnis vom Wirken Jesu auf Euren Webseiten, Social-Medias und sonstigen Möglichkeiten.
Macht weiter! Noch mehr! Es kommt an!
Die Leuten registrieren es und bekommen Hoffnung.
Unser Land muß es hören.

Und das macht Hoffnung für mehr.
Hoffnung für unser Land.
Hoffnung für unsere Gemeinden.
Hoffnung für Dich.
Hoffnung für mich ...

Danke Jesus!

Jesus zeigt uns SEINEN Vater, den Gott der Bibel, als einen Gott der Wunder, der übernatürlichen Ereignisse und Eingreifens, der Hoffnung, weit über unser Denken hinaus.
Berauben wir ihn SEINER Wunder und Kraft, der Absicht SEINER übernatürlichen Hilfe, dann erzeugen wir ein völlig falsches Gottesbild.
Dann glauben wir nicht mehr an den Gott der Bibel, den Vater von Jesus Christus und an das Wirken des Heiligen Geistes, der mit DYNAMIS kommt, sondern an irgendeinen Gott, wie es ihn millionenfach in den Kulturen dieser Welt gab und gibt.

Und wundern uns, warum Menschen Jesus nicht als Sohn Gottes erkennen und von IHM nix wissen wollen.
Das ist „kein Wunder" ! ☹

Christen, das sind Menschen, die an Jesus Christus glauben, IHM ihr Leben bewußt anvertraut haben, mit IHM tagtäglich leben, mit IHM reden, sein Wort lieben, beachten und versuchen es zu tun, sie sollten diese gewaltige Dimension des Wunder - wirkenden Gottes der Bibel kennen, erleben und als Hoffnungsbotschaft weitergeben und zeigen.

Die Welt wartet darauf, daß die Gemeinde Jesu aufsteht ...

„Ihr seid das Salz der Erde!
Wenn aber das Salz fade geworden ist,
womit soll es wieder gesalzen werden? ...

... Es taugt zu nichts mehr, als aus dem Hause geworfen
und von den Leuten zertreten zu werden.
Ihr seid das Licht der Welt!
Eine Stadt, die oben auf einem Berge liegt,
kann nicht verborgen bleiben.
Man zündet auch nicht ein Licht an
und stellt es unter den Scheffel,
sondern auf den Leuchter: dann leuchtet es allen,
die im Hause sind.
Ebenso soll auch euer Licht vor den Menschen leuchten,
damit sie eure guten Werke sehen
und euren Vater, der im Himmel ist, preisen. "
Matthäus 5 / 13 - 16

„Die Einwohner der Stadt (Jericho) aber sagten zu Elisa:
(dem Propheten)
In unserer Stadt ist gewiß gut wohnen,
wie du, Herr, selbst siehst;
aber das Wasser ist ungesund,
und die Gegend verursacht Fehlgeburten.
Da antwortete er:
Bringt mir eine neue Schüssel und tut Salz hinein.
Als man sie ihm gebracht hatte,
ging er an die Wasserquelle vor die Stadt hinaus,
warf das Salz hinein und sagte:
So hat der HERR gesprochen:
Ich habe dieses Wasser gesund gemacht;
es soll hinfort weder Tod noch Fehlgeburt daher kommen!
Da wurde das Wasser gesund bis auf den heutigen Tag
infolge des Wortes, das Elisa ausgesprochen hatte. "
2.Könige 2 / 19 – 22

„Erzählt von seiner Herrlichkeit unter den Heiden,
unter allen Völkern seine Wundertaten! "
Psalm 96 / 3

Auch heute noch sind die Nachfolger Jesu Licht und Salz in einer verlorenen, hoffnungslosen und verdorbenen Welt.
Gott möchte „sein Salz" in diese bösen, toten, sterilen, unfruchtbaren Quellen werfen, damit sie gesund werden.
Gott hat sich nicht geändert, ER will es immer noch tun, Menschen, Regierungen und Nationen sollen seine Liebe, Kraft, Hilfe und unendlichen Möglichkeiten sehen und erleben.

SEINE Kraft und Wunder für eine Welt, die es bitter nötig hat.
Noch ist Deutschland und die Nationen nicht restlos verloren.

Es gibt Hoffnung für's Land!

Die nachfolgenden Berichte sollen ermutigen, diesen „WUNDER-baren" Gott im eigenen Leben zu erfahren.
Du und ich, wir sind Gott nicht egal. ER will und kann helfen. Auf SEINE Art.

Laß Dich überraschen!

Wenn wir über erlebte Wunder erzählen, werden wir immer wieder gefragt, ob das tatsächlich so passiert ist, was wir erlebt haben und jetzt hier teilweise aufschreiben.
JA – wir lügen Euch doch nicht an. Das würden wir uns nie trauen.
Es ist alles so passiert. Ehrlich. Unser Wort drauf! Auch wenn es manchmal „unglaublich" klingt.
Und oft gibt es auch Zeugen dafür.

Mit Jesus auf Reisen

Seit Andra und ich verheiratet sind, lieben wir es zu reisen. Fremde Länder und Kulturen, Menschen kennenlernen, ihre Gebräuche, Essen (! ☺) und alles, was damit zusammen hängt. Wir haben viele Länder bereist, anfangs nur als normale Touristen, dann mehr und mehr zu Gemeinden, um sie kennenzulernen, von ihnen zu lernen, ihnen zu dienen und gemeinsam Jesus zu erleben.

Im November 2001 waren wir zu einer großen Pastorenkonferenz in La Plata / Argentinien eingeladen. Wir waren gespannt und begeistert, voller Erwartung.
Es war eine unserer ersten größeren Reisen im Dienst Jesu und die Gemeinde dort hatte die Planung übernommen.

Als wir ankamen, traf es uns wie ein Schock!
Unterbringung in einem Freizeit-Camp mit einfachen kleinen Schlaf - Häuschen. Und eine strikte Geschlechtertrennung. Auch Ehepaare! Das hatten wir nicht gewußt und demnach waren unsere Koffer nicht „geschlechtertrennungs - mäßig" gepackt. Alles gemischt.

Die Männer in einem Häuschen, wir waren glaube ich 8 (!) in Stockbetten, ein kleines Fenster ca. 50 x 50 cm, bei geschätzten 35 Grad Tagestemperatur und 25 Grad Nachttemperatur und Millionen Moskitos, die nur darauf warteten, nachts nochmal ausgiebig „deutsches Blut" zu saugen. Also praktisch zum „Ausländer" zum Abendessen zu gehen oder in die „Deutsche Kneipe".
Gute Nacht und Prost - Mahlzeit!!

Und der Hammer war, spätabends, nach Ende aller Aktivitäten, kamen die argentinischen männlichen Mitarbeiter in unser Zimmer, es waren 4 oder 5, und legten sich mit Decken einfach auf den Fußboden zwischen den

Stockbetten und schliefen glückselig.
Wenn man nachts mal zur Toilette mußte, bestand die Gefahr, daß man jemanden am Boden verletzte, weil man auf ihn trat.

Als wir sie fragten, warum sie das machten, sagten sie uns, daß sie mit uns zusammen sein wollten. Naja – auch ne Sichtweise. Machte zwar für uns keinen Sinn, aber sie machte es glücklich. Einfach in der Nähe der „deutschen Pastoren" sein - das war für sie eine Ehre.

Für die Frauen war es ähnlich, 5 oder 6 zusammen, mit einem kleinen Bad mit Toilette. Man kann sich vorstellen, was da los war. Vor allem morgens, jede mit ihrer Beauty - Time. Mamma Mia.

Für die Gemeinde dort war es eine gehobene Freizeit-Anlage, für uns eher primitiv.
Wir spürten aber die Liebe und Fürsorge der argentinischen Geschwister für uns deutsche Pastoren und Leiter, und das ließ uns das Ganze ertragen. Es kostete sie viel Geld und Aufwand, uns dort unterzubringen und zu versorgen.
Noch einmal im Nachhinein: Ganz herzlichen Dank für Eure Liebe uns gegenüber!

Also schluckten wir all unsere Enttäuschung runter, ermahnten uns selbst, demütig und nicht abgehoben zu sein und auf Jesus zu vertrauen, daß ER das Beste für uns hat.
(auch wenn es manchmal nicht danach ausschaut ☺)

> *„ Wir wissen aber, daß denen, die Gott lieben,*
> *alle Dinge zum Guten* (Besten) *mitwirken,*
> *nämlich denen,*
> *welche nach seinem Vorsatz berufen sind. "*
> Römer 8 / 28

Das sind wir! Wir lieben Gott!

Also war es im Moment das „BESTE" für uns. Auch wenn ich es nicht wirklich verstand. Aber Gott checkt es – für mich, für uns.
Vertrauen ist angesagt.

Es wurde eine wunderbare Konferenz, starke Begegnungen mit Männern und Frauen Gottes, von Gott eingefädelte Freundschaften, die bis heute dauern. Wir lernten eine bis dahin uns nicht bekannte Kraft des Heiligen Geistes kennen, die unser Leben und das unserer Gemeinde, ab da für immer verändert hatte.
Es war Gottes Plan, daß wir dabei sein sollten, ER wollte uns in eine neue Dimension des Glaubens bringen. Und das hat ER auch geschafft!

Die damals begonnene und immer noch während Freundschaft und der gemeinsame Dienst mit Apostel Raul Reyes und seiner Frau Betty ist nur eine der Segnungen, die Gott uns als „BESTES" dort in Argentinien schenkte, trotz einfacher Unterkunft, Moskitos, etc.
Danke Jesus!

Wir blieben nach der Konferenz noch eine Zeit in Argentinien, um auch etwas vom Land kennenzulernen und uns von den Strapazen des Übernachtungs-Camps zu erholen. Es war schon etwas nervig gewesen und wir haderten ein bisschen mit Gott, weil es nicht so unseren Übernachtungs- und Komfortvorstellungen entsprochen hatte. Ich will hier nicht weiter auf Details eingehen, das wäre unfair.
Aber Jesus sagten wir das schon.

Unser Plan war zunächst, zu den berühmten Wasserfällen nach Iguazú im Norden des Landes zu fliegen. Es sollte dort wunderschön (!) sein.

Also kauften wir zwei Flugtickets, Economy - Class und los ging's zum Flughafen.

Check-in → Bordkarten Economy - Class → Warten → endlich Einsteigen.

An der Einstiegstüre des Flugzeuges stand eine Stewardess und kontrollierte noch einmal unsere Bordkarten.

„Ah! - gleich Reihe 1, Sitze A + B", also gingen wir durch die kleine First - Class hindurch (sie hatte drei Reihen, dann Vorhangabtrennung zu Economy - Class) und wollten uns in die erste Reihe der Economy - Class setzen. Sie kam uns hinterher und wiederholte, daß wir Reihe 1 hätten.
Unser Spanisch war alles andere als brauchbar, aber wir zeigten auf unsere Sitze in der ersten Reihe, zeigten unsere Bordkarten nochmals vor und sagten „ Economy – Class, Reihe 1".

Die Stewardess nickte freundlich und wies deutlich und bestimmt auf die Reihe 1 in der First - Class. „Reihe 1 – dort! Mitkommen!"

Wir diskutierten noch kurz über „Economy - Class" und „First - Class", weil wir dachten, sie muß uns verwechseln, wir hatten ja nur die einfache Klasse gekauft und bezahlt. Wir gaben dann letztlich auf, sie war Chef im Ring und sehr freundlich, sehr hartnäckig und sehr bestimmt.

Also fügten wir uns in unser Schicksal der First - Class. Manche Dinge muß man halt einfach erdulden.
Dicke, weiche und breite Ledersessel, nur jeweils zwei Sitze rechts und links des Mittelganges auf der Reihe, statt der gewohnten drei.
Unsere Stewardess kam wieder und offerierte uns zwei Gläser Champagner zur Begrüßung und teilte uns mit, daß sie für die vier Fluggäste der Reihe 1 zuständig sei, für die beiden anderen Reihen wären zwei weitere Stewardessen zuständig.
(Also von Personalknappheit war damals weit und breit nix

zu spüren)

Hey Buddy – ich sag Dir! Wir wurden verwöhnt nach Strich und Faden. Snacks, Kaffee, Espresso, warmes Essen. Alles was das Herz begehrte und soviel man wollte.
Ich betete zu Jesus, „ Herr – laß diesen Flug nie zu Ende gehen"!
Leider wurde mein Gebet nicht erhört!

Und plötzlich spürten wir, es war ein Ausgleich von Gott für uns, ein „Sahne - Bonbon", ein super Trost - Pflaster für das Camp. ER beschenkte uns jetzt.
Wir genosssssssen es!

Jesus hatte uns „up - gegraded"

Und dann wurde das warme Essen serviert.
Mamma Mia! Wir fielen fast aus den Ledersesseln.

Auf Porzellan - Tellern mit richtigem Besteck. Scharfem Messer. Nicht so Plastik - Gelump.

Argentinisches Angus Steak, medium+, ein Riesenlappen von Fleisch, butterzart, perfekt.
Der Himmel hatte sich für mich noch ein Stück weiter geöffnet.
Halleluja! Danke Jesus für die argentinischen Angus - Rinder.
Wir empfingen sie (zumindest ein Stück davon) mit voller Danksagung.

> *„Denn alles von Gott Geschaffene ist gut,*
> *und nichts (davon) ist verwerflich,*
> *wenn man es mit Danksagung hinnimmt;*
> *es wird ja durch das Wort Gottes*
> *und durch Gebet geheiligt."*
> 1.Timotheus 4 / 4 + 5

War das Angus Rind von Gott geschaffen? → Yes! → check!
Ist es verwerflich? → No! → check!
Haben wir es mit Danksagung genommen? → aber sowas von Yeees! → check!
Geheiligt durch das Wort Gottes und unser Gebet? → Yes, Amen! → check!
Hau rein! Alles gut! Alle Checks positiv und erfolgreich abgeschlossen. Alles paletti! Attackeeeeee!!!!

Es war wie der Himmel auf Erden –
ääh – moment, nicht ganz, wir waren ja in der Luft. Sozusagen zwischen Himmel und Erde. Also eigentlich dem Himmel sowieso ein ganzes Stück näher.
(Denk dran: … alle Dinge zum BESTEN …)
Während ich dies jetzt schreibe, läuft mir vor lauter Erinnerung noch immer, oder schon wieder, das Wasser im Mund zusammen.

Nach ungefähr 2 ½ Stunden Flug (ich wiederhole: leider wurde mein Gebet nicht erhört) kamen wir wieder auf den Boden der Tatsachen an. Die rauhe Wirklichkeit hatte uns wieder, bei ca. 45 Grad im Schatten. Flugplatz Iguazú.
Willkommen! Welcome! Bienvenido!

Am Ausgang vom Flugplatz waren kleine Büros, wo man Voucher´s für Hotelzimmer kaufen konnte.
Wir in ein Büro rein, uns informiert und dann ein Voucher für ein kleines, einfaches Doppelzimmer mit Frühstück für 3 Tage gekauft. Es war ziemlich billig.
Wir hatten keine großen Ansprüche, es sollte sauber sein und ein halbwegs breites Bett haben.

Und dann ab mit dem Taxi zu dem Hotel und mit unserem Voucher zur Rezeption. Das Hotel schaute gar nicht so schlecht aus. Danke Jesus!
Keine Hinterhof - Absteige.

„Ein Doppelzimmer mit Frühstück, 3 Nächte, schon reserviert von dem Büro am Flugplatz und bezahlt"! Weltmännisch zeigten wir unser Voucher vor.

„Ja, der Mann vom Flugplatzbüro hat schon angerufen und Sie angekündigt"
Der Mann an der Rezeption drehte sich rum, nahm einen Zimmerschlüssel von der Wand und sagte, wir sollten ihm folgen, er zeige uns das Zimmer.

Wir waren gespannt was uns erwartete.

Er ging im Erdgeschoß den langen Flur entlang und am Ende blieb er stehen, um eine Zimmertüre aufzusperren.

„Au - weia" dachten wir, am Ende des Flures sind normalerweise die Besenkammern. Mal sehn, was der Typ vom Flughafenbüro uns da angedreht hatte. Es war ja eine Reservierung ins Unbekannte hinein. Also praktisch die sprichwörtliche „Katze im Sack".

Aber wir hatten ja vorher gebetet, daß wir nicht betrogen werden und wir einen guten Aufenthalt hätten.

Über der Tür stand „Honey - Moon Suite", wahrscheinlich sarkastisch gemeint für die zu erwartende Besenkammer.

Und die Tür öffnete sich!
AND THE WINNER IS ... → WIR!

Wir standen in einer riesigen Suite, ein supergroßes Bett (gehört ja zu Honey – Moon! Also mal vorsichtig und jugendfrei ausgedrückt), die Glasfront des Zimmers ging zu einem herrlichen, subtropischen Garten hinaus mit direktem Zugang zum Pool. Alles vom Feinsten.
Wir waren platt, überwältigt und ungläubig.

„Da muß ein Irrtum vorliegen" sprach ich den Hotelangestellten an. „Wir haben einfaches Doppelzimmer mit Frühstück gebucht, nicht die Hochzeits - Suite"

„Nein, Sie haben diese Suite gebucht mit Vollpension".

„Nein, Doppelzimmer mit Frühstück". Ich sah meine VISA Card gerade im Abgrund verschwinden und als alter Polizist sah ich uns schon im Betrug und der argentinischen Mafia verstrickt.
„Nein – Nein", die Diskussion ging hin und her.
Wir weigerten uns zu glauben, was wir sahen.

Aber wir hatten ja gebetet. Das macht man normalerweise so als Christ – oder sollte es zumindest so machen.
Aber oft begrenzen wir uns selbst im Gebet, weil unsere Erwartung und Glaube in die falsche Richtung geht oder zu klein ist oder wir gar nicht glauben, für was wir beten. Wir beten, weil man eben betet.

Und wir hörten den Heiligen Geist leise in uns sagen „Vertraut mir" und „...alle Dinge zum BESTEN, die Gott lieben" und „keine Mafia".

Also gingen wir sicherheitshalber zurück zur Rezeption, um die Buchung zu checken. Ehrlich wie wir sind, zeigten wir nochmals unser Voucher vor, wo alles drauf stand, einschließlich des bezahlten Preises.

„Ja, genau. Alles richtig" sagte uns der Mann freundlich. Also irgendwie muß er andere Voucher gesehen haben.

Er zeigte uns sein großes Reservierungsbuch, da stand es schwarz auf weiß, also mußte es stimmen:

- Honey - Moon Suite,
- drei Nächte mit Vollpension,
- für Günther und Andra Kunstmann, Alemania, …

… und SCHON BEZAHLT!

Wir konnten es nicht wirklich fassen. Gott hatte uns schon wieder „up - gegraded". Einfach so. Ohne daß wir darum gebetet oder im Hotel gebettelt hatten.
GOTT ist sooo gut!!

Keine Ahnung wie ER das immer macht. Boardingsystem, Buchhaltung der Airline (sie hat mit Sicherheit auch keinen finanziellen Schaden) Hotelreservierungssystem etc.
?????
ER ist halt GOTT, DER mit den unbegrenzten Möglichkeiten.

Von Economy zu First Class, vom einfachen, kleinen Doppelzimmer zur großzügigen Suite mit Direktzugang zum kleinen Paradies mit Pool.
Vom einfachen Frühstück zur Vollpension. Mann – ich sage Dir, die Tische bogen sich unter dem fantastischen Essen. Gott ist so gut!

ER wußte genau, wie ER uns eine große Freude machen konnte. Nach den „Strapazen und Enttäuschung". Einfach so. Weil es IHM einfach Spaß macht, seinen Kindern Gutes zu tun.
Das ist einer SEINER Wesenszüge, die ER wesentlich öfter in Deinem und meinem Leben zeigen will.

ER ist der perfekte Versorger, der Kümmerer, der Beschenker, so wie ein Vater seine Kinder ohne Gegenleistung einfach beschenkt und sich an der freudigen Reaktion erfreut.

„Ohne Glauben aber
kann man (Gott) unmöglich wohlgefallen;
denn wer sich Gott nahen will,
muß glauben, daß es einen Gott gibt
und daß er denen, die ihn suchen,
ihren Lohn zukommen läßt.
(and. Übers.: ein Belohner sein wird.)"
Hebräer 11 / 6

„Ihm aber, (das ist unser Gott!)
der nach der Kraft, die in uns wirksam ist,
unendlich mehr zu tun vermag über alles hinaus,
was wir erbitten und erdenken (können):
ihm gebührt die Ehre in der Gemeinde
und in Christus Jesus
bis hinaus auf alle Geschlechter
aller Zeiten der Ewigkeit! Amen. "
(durch den Heiligen Geist)
Epheser 3 / 20 + 21

„Sehet die Vögel des Himmels an:
sie säen nicht und ernten nicht
und sammeln nichts in Scheuern,
und euer himmlischer Vater ernährt sie doch.
Seid ihr denn nicht viel mehr wert als sie? "
Matthäus 6 / 26

„Und was macht ihr euch Sorge um die Kleidung?
Betrachtet die Lilien auf dem Felde, wie sie wachsen!
Sie arbeiten nicht und spinnen (=weben) nicht;
und doch sage ich euch: ...

... Auch Salomo in aller seiner Pracht
ist nicht so herrlich gekleidet gewesen wie eine von ihnen.
Wenn nun Gott schon das Gras des Feldes,
das heute steht und morgen in den Ofen geworfen wird,
so kleidet: wird er das nicht viel mehr euch tun,
ihr Kleingläubigen?
(das hab´ ich jetzt extra markiert, ich komm gleich drauf)
Darum sollt ihr nicht sorgen und sagen:
Was sollen wir essen, was trinken,
womit sollen wir uns kleiden?
Denn auf alles derartige sind die Heiden bedacht.
Euer himmlischer Vater weiß ja, daß ihr dies alles bedürft.
Nein, trachtet zuerst nach dem Reiche Gottes
und nach seiner Gerechtigkeit,
dann wird euch all das andere obendrein gegeben werden."
Matthäus 6 / 28 – 33

„Seine göttliche Kraft hat uns ja doch alles,
was zum Leben (unsere natürlichen Bedürfnisse)
und zur Gottseligkeit erforderlich ist
(unser Leben im Glauben),
durch die Erkenntnis dessen geschenkt,
der uns durch die ihm eigene Herrlichkeit
und Tugend berufen hat."
2.Petrus 1 / 3

Wenn das nicht Zusagen sind. Klare Ansagen vom „Kümmerer", vom Versorger, vom Belohner, von unserem Herrn Jesus!
Vertrau ihm. Laß Dich drauf ein.
Manchmal wartet eine „up – grade – Überraschung" auf Dich und mich.

Und hier stehen wir, an der Rezeption, geflasht, wieder einmal kleingläubig – obwohl wir doch eigentlich glauben, freudig verwirrt, aufgeregt wie damals vor unserem Traualtar (na logisch – war jetzt ja auch die Honey - Moon Suite ☺)

Wir, die Pastoren aus Deutschland, mit Jesus unterwegs seit unserer Jugendzeit, ölgetränkt und wasserdicht, andere zum Glauben motiviert und angeleitet und wir stellten fest:

wir sind Kleingläubige!

So wie Jesus es gerade ein Stückchen weiter oben gesagt hat.
Zu uns.
Mamma Mia!
Was für eine Blamage für uns beide „Glaubenshelden"!

Aber STOOOOOP!
Jesus wird uns nie blamieren, sondern auf Dinge des Glaubens hinweisen, uns die Tür zur nächsten Lernstufe öffnen, damit wir weiterkommen als bisher, IHN mehr erleben als bisher, mehr Siege erringen als bisher, ... , aber nicht blamieren.

Und der Heilige Geist sprach zu uns und erklärte uns, in welchem Denkmuster wir meistens feststecken.
Wir leben hier in der Welt und unter deren Einflüssen. Wir sind geprägt von Slogans, die wir manchmal sogar selber sagen.

Ohne Moos nix los

Von nix kommt nix

Du mußt Leistung bringen

Was nix kost´, ist nix wert

Du mußt Dich beweisen ...

... Selbstverwirlichung

Ich glaub nur was ich sehe

... und noch einige Lebensweisheiten mehr.

Und Jesus geht genau ins Gegenteil.
Bei Gott geht es nicht um Leistung, nicht um „Du mußt, damit ...", wir können uns das Wohlwollen, die Gunst, die Liebe Gottes, den Segen, die Vergebung und das Ewige Leben nicht verdienen, nicht kaufen, nicht erbetteln oder erpressen,
→ sondern uns nur SCHENKEN lassen.

Wir machen uns Sorgen, die uns zerfressen und schlaflos werden lassen und Gott hat schon längst eine Lösung, die ER uns aber nicht überstülpt, sondern auf uns wartet.

Wir planen unser Leben krampfhaft durch und Gott möchte mich auf SEINE Pläne für mein Leben aufmerksam machen.

Gott will uns entschleunigen, zur Ruhe bringen, mit SEINEM Frieden und Wort leiten und wir machen uns das Leben manchmal so schwer. Das Hamsterrad dreht sich immer schneller.
Der Weg ist das Ziel – sagt der Hamster und fällt nach einer neuer Tages - Best - Zeit mit Herzkasper aus seinem geliebten Turbo - Rad. Auf dem Weg ja, aber kein Ziel erreicht, nur Aktionismus, Energie- und Zeitverschwendung.
Er dachte, er sei auf dem Weg. Action, genug geschwitzt.
Schade, das Leben hatte ihn getäuscht.

Klamotten, Zukunft, Bankkonto, Beruf, Freizeitgestaltung, Partnersuche, Freunde, Familie, Engagement und und und ... und! ☹ †

War's das?

Der Heilige Geist lehrte uns, daß wir auch mehr auf den VATER, als Versorger, und zwar ohne Gegenleistung, sehen sollten.
Mehr die Dimension des Reiches Gottes im Blick haben sollten, schon jetzt hier auf der Erde.
Als Kind Gottes bin ich Teil dieser „übernatürlichen Dimension, dem Reich Gottes". Ich gehöre schon dazu. Bin geistlich gesehen, schon da.

> *„Er hat uns ja aus der Gewalt der Finsternis gerettet*
> *und uns in das Reich des Sohnes seiner Liebe versetzt.*
> *In diesem haben wir die Erlösung,*
> *nämlich die Vergebung der Sünden."*
> Kolosser 1 / 13 + 14

Daß heißt natürlich nicht, daß wir planlos, verantwortungslos, naiv oder „blauäugig" durchs Leben gehen sollen, uns um gar nix mehr kümmern, naja – Gott wird es schon machen.

NEIN – das meint Jesus nicht.
Aber die quälenden Sorgen und Gedanken sollten wir loswerden, uns davon nicht dirigieren lassen.

Und Gott, dem Vater, öfter die Gelegenheit geben, uns einfach mal zu beschenken.
„Och, das hätte es jetzt aber nicht gebraucht" oder „das wäre doch nicht nötig gewsen, das kann ich gar nicht annehmen!" kennen wir das?

Und Gott denkt sich: „Och, das könnt ich öfter machen, weil des braucht's scho."

Viele von uns haben es irgendwie verlernt, sich bedingungslos beschenken zu lassen.

Einfach so - ohne Gegengeschenk.
Man denkt komischerweise immer, dann bin ich verpflichtet, den gleichen Wert zurückzuschenken. Das ist dann aber kein Geschenk mehr, das ist ein Geschäft.

Wenn Gott uns beschenkt oder beschenken will, können wir es oft nicht glauben, wenn es passiert, obwohl es 1000 mal in der Bibel steht.
Hammersachen werden uns da berichtet.

Wir rechnen überhaupt nicht damit.
Unser Verstand stellt sich quer. Es ist nicht unser angelerntes, antrainiertes Denkmuster. Unsere Plausibilitätsprüfung läßt es nicht zu. Die Welt hat uns ihren Stempel aufgedrückt. Die Logik, die Erfahrungen in dieser Welt.

„Die **Plausibilitätsprüfung**, auch Plausibilitätskontrolle, Plausibilitätstest oder Plausibilisierung **ist** eine Methode, in deren Rahmen ein Wert oder allgemein ein Ergebnis überschlagsmäßig daraufhin überprüft wird, ob es überhaupt plausibel, also annehmbar, einleuchtend oder nachvollziehbar sein kann oder nicht."
Quelle: www.deutsches-ausschreibungsblatt.de, 09.05.2024)

Diese Erklärung fand ich treffend.

Dann fangen wir das diskutieren an, es kann nicht sein, was ich nicht checken kann, unsere Logik hat uns fest im Griff.

Viele machen das, wir leider auch immer wieder.

Und in dem hängen wir meistens fest. Das kommt automatisch hoch. Gelernt, anerzogen, antrainiert.
„Servus Günther – ich bin es wieder – Deine Logik!"
Ich kann mich nur mit einer bewußten Anstrengung aus diesem Klammergriff lösen, um etwas anderes zu sehen und zu wagen.

Mit Logik wird im Allgemeinen das vernünftige Schlussfolgern und im Besonderen dessen Lehre – die Schlussfolgerungslehre oder auch Denklehre – bezeichnet. In der Logik wird die Struktur von Argumenten im Hinblick auf ihre Gültigkeit untersucht, unabhängig vom Inhalt der Aussagen
Wikipedia, 31.08.2024

Deswegen hat das Wort Gottes eine super Aufforderung an uns, um das zu durchbrechen.

„Gestaltet eure Lebensführung
nicht nach der Weise dieser Weltzeit,
sondern wandelt euch um (verändert euch)
durch die Erneuerung eures Sinnes,
damit ihr ein sicheres Urteil darüber gewinnt,
welches der Wille Gottes sei,
nämlich das Gute und (Gott) Wohlgefällige
und Vollkommene.“
Römer 12 / 2

Das ist das Geheimnis. Der Zugang zu diesem Denken.

„Die Erneuerung unseres Sinnes"

Offenbar ist das nötig. Wenn was erneuert werden muß, dann ist was nicht mehr so ganz funktionstüchtig, sonst bräuchte man keine Erneuerung.
Oder die Umstände haben sich geändert und jetzt muß man korrigieren, nachjustieren, etwas austauschen, neue

Funktionen ermöglichen, updates runterladen.

Wir brauchen diese Erneuerung mit dem Heiligen Geist zusammen und dem Wort Gottes, damit …

„wir prüfen können, was Gottes Wille ist"

Und SEIN Wille ist unter anderem, uns zu beschenken.
ER ist ein beschenkender Gott.
Aha! Jetzt klingelt's, jetzt fällt der Groschen, jetzt geht mir ein Licht auf! Ganze Kronleuchter!

Ohne diese Erneuerung checken wir es gar nicht. Hängen wir im Alten fest. Unser Hirn läßt gar nix anderes zu. So ein Schlingel!

Wir sollen ein himmlisches Denkmuster entwickeln, uns geistliche Prinzipien antrainieren und lernen, geistliche, übernatürliche Erfahrungen machen.
Und dann werden wir zu „Wanderern zwischen den Welten".
Wir leben hier auf der Erde mit den ganzen natürlichen Dingen, aber auch durch den Glauben in der himmlischen Welt mit deren Prinzipien und Möglichkeiten.
Die Bibel ist voll davon, Jesus hat es gezeigt, die erste Gemeinde auch.
Also worauf warten? Auf geht's – pack mer's!

Erinnere Dich an den ersten Bericht hier im Buch von der Augenheilung des kleinen Jungen. Was war die Reaktion der Mutter auf seine Ansage, daß er auf dem blinden Auge was sehen kann?

„NEIN – kannst Du nicht. Das Auge ist blind"
„Doch!" → „Nein" → „Doch!" → „Nein" → „Doch!"

Die Plausibilisierungsprüfung springt an und lehnt es ab. Logisch, erfahrungsmäßig richtig, es war doch schon immer so – und doch ist es oft falsch oder greift zu kurz. Aber irgendwann (hoffentlich möglichst schnell) dämmert es dann dem Gläubigen: „Sollte Gott etwa da seine Hand im Spiel haben"

Dann gehen wir plötzlich anders an die Sache ran. Können es auf einmal annehmen oder zumindest in Betracht ziehen. Manche Vollbremsung unseres Hamsterrades ist vielleicht ein „eingeleitete Notbremsung" durch Jesus???

„Reihe 1, Sitze A + B" erinnerst Du Dich?
„First - Class bitteschön" → „NEIN – wir haben die Economy - Class" .
„Nein" → „Doch!" → „Nein" → „Doch!" → „Nein"

„Honey Moon Suite" → „Nein, einfaches Doppelzimmer"
„Nein" → „Doch!" → „Nein" → „Doch!" → „Nein"

Mann o Mann, wie oft und wie lang steh ich denn noch auf der Leitung? Geht es dir auch so?
Die Plausibilisierungskontrolle kann mich auch nerven, blockieren und den Segen, das Geschenk Gottes verhindern. Weil ich es einfach nicht zulasse. Unbewußt nicht zulassen kann. Ich tu mir so schwer, mich einfach beschenken zu lassen.
Und manchmal ist diese Kontrolle auch gut, ein Schutz, ein Segen.
Und genau das ist das Problem, wir müssen unterscheiden, prüfen. Wir brauchen den Heiligen Geist dazu.

Nach dieser kleinen, (oder doch großen ?) Lektion des Heiligen Geistes ergaben wir uns wiederum in die wunderbare, warme und beschenkende Hand Gottes und genossen die Zeit in der geschenkten Suite und der zusätzlichen Vollpension. Es war paradiesisch! (oder fast)

20 Jahre nach unseren Flitterwochen, noch einmal eine geschenkte Zeit in der Honey – Moon Suite, die zweiten Flitterwochen, geschenkt von unserem Vater im Himmel.
Wie genial ist das denn!

Und weil diese Lektion schwer zu lernen ist und trotzdem immer wieder an unsere Tür klopft, noch ein kleines Beispiel.

Wir waren am Ende unserer mehrwöchigen Predigt- und Heilungsreise in Brasilien. Der letzte Abend, starke Heilungen geschahen, Menschen wurden gerettet, es war eine himmlische Atmosphäre und Kraft da.

Wir gingen nach der Veranstaltung zum Pastor nach Hause, unser brasilianischer Freund und Fahrer war dabei.
Wir brauchten noch für den nächsten Tag einen Inlandsflug von Rio de Janeiro nach Sao Paulo.

Gott sei Dank gibt es Internet – also Flug gesucht – gefunden – gebucht → zur Kasse gehen.
Kein Problem, man hat ja VISA.
Die Daten also eingegeben, alles korrekt – ENTER gedrückt und gefreut, daß alles so reibungslos mit den modernen Mitteln klappt. Das System der Welt funktioniert doch auch ohne Glauben und Jesus.

„Denkste Puppe" - ich hatte nicht mit „verified by VISA" gerechnet. Eine Sicherheitsfunktion, die ja eigentlich Sinn macht.
Du mußt auf Deine VISA website, dort die PIN eingeben, die sie dir auf deine bei ihnen hinterlegte Handynummer schicken, um die Zahlung zu verifizieren und freizugeben.

Und das war das Problem.

Hinterlegte Nummer war deutsch, funktionierte damals nicht in Brasilien, nix verifizieren, nix freigeben, nix Ticket, nix fliegen.

„Vorgang der Buchung wurde abgebrochen" war der trockene Hinweis auf dem PC.
Leichte Panik kroch uns über den Rücken. „Das kann jetzt aber nicht sein. Herr – Hilfe!"
(Aaah – jetzt also doch)

Unser Freund rief bei der Fluggesellschaft an und fragte nach. Ja, der Buchungsversuch war nachvollziehbar, abgebrochen, weil nicht bezahlt wurde. Vorgang geschlossen.

„Können wir telefonisch eine Reservierung machen, wir zahlen dann morgen am Flugschalter, das geht ja."
„Nein – telefonisch können wir keine Reservierung entgegennehmen. Kommen Sie morgen direkt zum Flugschalter am Airport und starten den Ticketkauf komplett neu!"

Na prima. Ruhig bleiben, wir hatten ja gebetet.

Also fuhr uns unser Freund am nächsten Tag sehr zeitig zum Airport, weil wir nicht wußten, wie lange wir brauchen würden. Direkt zum Flugschalter der Airline, wo wir am Abend zuvor probiert hatten, ein Ticket online zu kaufen.
Eine freundliche Angestellte nahm sich unseres Anliegens an. Wir erklärten ihr den gescheiterten Kaufversuch vom Vorabend und daß sie doch bitte einmal nachschauen sollte, ob auf dem speziellen Flug die beiden Plätze zu dem günstigen Preis noch frei wären.

„Ja – da haben wir sie. Alles wie gestern von Ihnen gesucht und jetzt noch verfügbar".
„Danke Jesus!" Ein Stein fiel uns vom Herzen.

„Wir möchten zwei Tickets zu diesen Konditionen kaufen. Können wir mit VISA bezahlen? Ohne Verifizierung?"

„Ja – kein Problem. Ihre Pässe bitte zur Personalieneingabe." („Herr – das flutscht ja! Klasse, danke!")
„Hier, bitte schön, unsere beiden Pässe."

Die Angestellte nahm meinen Paß zuerst, tippte den Familienname ins System und wollte mit dem Vornamen weitermachen.
„Moment mal! Das System sagt mir, daß Sie schon eine Reservierung für diese beiden Tickets haben."

„NEIN! Wir haben keine Reservierung. Es war nicht möglich. Wir hatten sogar telefonisch nachgefragt."
„DOCH – Sie haben eine Reservierung."
„Nein" → „Doch" → „Nein" → Doch!!!!! Das System irrt sich nicht. Ich habe hier zwei Reservierungen für Günther und Andra. Mein Computer lügt nicht."

OK – offenbar hatte das System unsere Daten ja doch übernommen und gespeichert. Kann ja vorkommen, der Computer kann ja auch was anderes machen, als wie er sagt, Er ist ja auch nur ein Mensch.

„Ich konnte gestern Abend aber nicht bezahlen, das möchte ich jetzt gleich machen" Ich zog meine VISA raus und legte sie ihr auf den Schalter.
„Ja – ok, das machen wir gleich. Sie nahm die VISA und schaltete im Reservierungsvorgang weiter.

„Oh – ich sehe hier, daß die beiden Tickets bereits bezahlt sind.! Sie gab mir die VISA zurück.

Der gespannte und aufmerksame Leser ahnt schon, wie es weiterging!

Und wie?

„Nein" → „Doch" → „Nein" → Doch!!!!! Das System irrt sich nicht. Die Tickets sind bezahlt."

Wir waren wieder mal verwirrt, erstaunt, überrascht.
Wir hatten es wieder nicht gecheckt.
Gott war am Drücker.

Sie druckte uns alles aus, wünschte uns einen guten Flug, drehte sich um und ließ uns stehen.

Wir gingen verdutzt weg und der Flug verlief reibungslos.

„Wahrscheinlich hat die online-Buchung doch funktioniert, wir werden es zuhause bei der VISA – Abrechnung sehen."
(wir können es einfach nicht lassen – merkst Du es?)

Ein Verwandter, der auch Christ ist, meinte völlig überzeugt, das sei einfach ein Computerproblem gewesen. Hat mit Gott und Glauben nix zu tun.
Es gibt noch mehr Christen, die es nicht checken ☹!

Die beiden Flüge wurden NIEMALS abgebucht.
Gott hatte sie uns geschenkt.
Wie ER das gemacht hat, bleibt SEIN Geheimnis.
Wenn wir eines Tages bei IHM in der Ewigkeit sein werden, werde ich IHN fragen. Das interessiert mich. Ehrlich.

Unser Freund, Apostel Raul aus Argentinien erzählte uns Ähnliches über Versorgungswunder.
Mehrere Geschwister seiner Gemeinde hatten es unabhängig voneinander erlebt.

Sie waren zum Geldautomaten gegangen, um ihre letzten Pesos abzuheben.

„100 Pesos" → PIN eingeben → Geldschacht öffnet sich → tausende von Pesos kommen raus.

Die Leute, ehrlich wie sie sind, weil sie mit Jesus leben, gehen in die Bank, um das Geld zurückzugeben.

Der Bankangestellte checkt alles im Computersystem und sagt, es sei alles in Ordnung, Buchung korrekt, das Geld gehöre ihnen. Die Bank habe keinen Fehlbetrag.

Ähnliches Verhalten wie wir: NEIN → JA → NEIN → JA.

Nur halt in Spanisch.

Das würde mir dann auch Spanisch vorkommen.

Denk mal zurück an ähnliche Situationen in Deinem Leben. Wo Du jetzt, nachdem Du das Kapitel gerade gelesen und vielleicht schon was gelernt hast, erkennen kannst, daß Dich dieses „Plausibilitäts – Ding" davon abgehalten oder verhindert hat, daß Du Gottes Geschenk oder Versorgung nicht empfangen konntest.

Jesus baut seine Gemeinde

„Wenn der HERR das Haus nicht baut,
so arbeiten umsonst, die daran bauen"
Psalm 127 / 1a

„Ist dieser nicht der Zimmermann ... "
(die Rede ist hier von Jesus)
Markus 6 / 3a

Als wir im März 1991 die „Jesus Gemeinde Bamberg" gründeten, waren wir in einem Geschäftsgebäude eingemietet, für uns war die Lage und die Räume ideal.
Im Lauf der nächsten Jahre wuchs erfreulicherweise die Gemeinde, auch zahlenmäßig.

Wir bekamen von den verschiedensten Gastpredigern und auch anderen Glaubens – Geschwistern mehr und mehr prophetische Worte und Eindrücke, die unabhängig voneinander und doch übereinstimmend sagten, daß Gott uns sagt, daß „wir unsere Zelte erweitern" sollten.

Schnell war klar, was ER damit meinte, denn der Gottesdienst – Raum platzte vor lauter Leuten aus allen Nähten. Wir brauchten ein größeres Gebäude.

Also machten wir uns mit Jesus auf die Suche, schauten uns verschiedene Objekte an, manche schieden gleich aus, andere schienen interessant, zerschlugen sich aber im letzten Moment.
Es war eine spannende, lehrreiche und interessante Zeit. Wir beteten um Weisung, wo das Gebäude zu finden sei.

An einem Samstag früh las ich in der Zeitung eine Annonce, die mein Interesse weckte und ich sofort nachhakte.
„Besichtigung an diesem Samstag morgen von 9 bis 12 Uhr"

Andra und ich fuhren sofort hin und schauten es uns an. Eine ehemalige Lampenfabrik, ein riesiges Areal, „1000" Gebäude und eins schien uns super geeignet.
Eine Halle, gleich nach dem Treppenhaus, im Obergeschoß genügend Toiletten und Räume für Kinderarbeit, Seminare, Gemeinschaftsveranstaltungen.

Es fühlte sich gut an, wir liefen herum, schauten in jede Ecke, fragten nach Details, Zahlen und bekamen den Eindruck, daß es wahrscheinlich „unser Gebäude" ist.

Also hatten wir uns mit dem Makler in der kleinen Halle getroffen und unser Interesse bekundet. Wir stellten uns schon den Gottesdienst hier vor.
Er fragte nach, was für eine Zweckbestimmung wir dafür vorgesehen hätten und wer wir denn seien.

„Jesus Gemeinde Bamberg, eine freie, charismatische Gemeinde, im Vergrößerungsprozeß, um Bamberg und die Umgebung mit dem Evangelium von Jesus zu erreichen".

Das fand er gut und plötzlich sagte er: „Waren Sie schon in der Halle? Die gehört auch dazu. Was sagen Sie dazu?"

Wir schauten ihn etwas verwirrt an. „Halle? - Hallo wir stehen doch mittendrin!"
„Nein, nicht die hier. Die Große!"
„Die Große? Welche Große?"
„Na die da, da hinter der großen Feuerschutztür!"

Und dann nahm ich die Doppel – Flügel - Tür an der einen Seitenwand zum ersten Mal wahr. Obwohl wir die ganze Zeit in der kleinen Halle waren. Neugierig ging ich hin und öffnete eine der schweren Metalltürflügel.

Mir blieb die Luft weg. Ich stand wie angewurzelt. Ich traute meinen Augen nicht.

Vor mir war eine 700 m² große Halle, sieben Meter hoch, das ehemalige Hochregal - Lager. Mit Lkw – Einfahrt!

Mir schlug eine ehrfurchtsgebietende Atmosphäre und Autorität entgegen, heilig, kaum zu ertragen, eine schwere, göttliche Salbung war im Raum, es warf mich fast um und ich wußte sofort:

Es war die präsente Gegenwart Gottes.

So intensiv hatte ich sie noch nie gespürt. Und ich wußte, spürte, nahm wahr – Gott sitzt auf der anderen Seite der Halle, lächelt mich verschmitzt und liebevoll an. In meinem Geist hörte ich IHN sagen:
„Schön daß ihr auch endlich kommt. Ich warte schon die ganze Zeit auf Euch. Diese Halle und die anderen Räumlichkeiten habe ich für Euch."

Ich hatte Mühe auf den Beinen zu bleiben, Andra ging es ähnlich.
Die Entscheidung stand für uns fest: Wir nehmen es. Es gab keine andere Antwort.

Ich ging zum Makler und sagte ihm von unserem gefestigten Interesse, aber wir müßten vor einer verbindlichen Zusage noch unseren Vorstand und anderen Leiter der Gemeinde fragen.

„Ja, Bis 12 Uhr habt ihr Zeit!"

Wir zischten ab nach Hause und Gott sei Dank war dieses Objekt nur ein paar Minuten von unserer Wohnung entfernt. (Das war und ist immer noch sehr praktisch für uns!)

Und jetzt mußten wir prüfen, sicher sein. GAAANZ sicher! Wir brauchten eine felsenfeste Klarheit und Gewißheit.

Also beteten wir und legten Gott ein „Vlies" vor, eine biblische Möglichkeit, Gottes Willen zu prüfen und zu erkennen.

„Vlies" bezeichnete ursprünglich die „zusammenhängende Wolle eines Schafes", heute gibt es das ja auch aus anderen Materialien.

Wenn Du mehr darüber wissen willst, dann lese es in der Bibel nach, im Alten Testament, im Buch der Richter, da im Kapitel 6, Verse 36 bis 40, da wird beschrieben, wie Gideon es gemacht hatte.
Gideon legte Gott zweimal ein Vlies hin, um ganz sicherzugehen, daß er den Willen und Auftrag Gottes exakt verstanden hatte. Er wollte keinen Fehler wagen und die wichtige Sache nicht gegen die Wand fahren.
Und Gott hatte ihm zweimal so geantwortet, wie Gideon es IHM vorgelegt und erbeten hatte. So Unmögliches eben.

Und Gott war nicht sauer, weil wir diesen "Test" machten. Er war nicht eingeschnappt, weil wir IHM nicht einfach vertrauten. NEIN! ER liebt es, wenn wir SEIN Wort und IHN ernstnehmen.
ER kann nicht sagen "prüft alles ..." und wenn wir es dann prüfen, dann ist ER beleidigt? No way!

Wir sagten zu Gott:
„Herr, es ist jetzt Samstag Vormittag. Wir kennen unsere Leiter, ihre Familien und Gepflogenheiten. Jetzt sind sie normalerweise alle unterwegs, um irgendwas zu besorgen. Die wenigsten sind erfahrungsgemäß zu Hause oder haben Zeit.
Wenn diese Halle und Räume von Dir sind, wir richtig gehört und wahrgenommen haben, dann bestätige es bitte, indem Du folgendes arrangierst:

- ich erreiche jeden Einzelnen jetzt telefonisch
- jeder hat jetzt noch Zeit für die Besichtigung
- jeder ist innerhalb einer halben Stunde hier
- jeder bekommt den gleichen Eindruck oder Worte wie wir, wir werden ihnen nichts von unserer Wahrnehmung und Entscheidung vorab sagen
- Wenn wir EINEN nicht erreichen oder EINER kein „Grünlicht" dafür hat, dann ist es nicht von Dir und wir vergessen das Ganze und sagen ab."

Es waren ziemlich unmögliche Punkte, zumindest für uns. Aber sonst macht das ernsthaft erbetene Vlies auch keinen Sinn.
„Laß es am Tag hell sein", oder so Zeugs. Das ist Quatsch, tagsüber ist es hell.

Wie gesagt, es war und ist ein biblisches Prinzip der ernsthaften Prüfung einer Sache vor Gott und keine Anmaßung oder Respektlosigkeit vor Gott.
Es war zu wichtig, zu groß und richtungsweisend. Wir mußten alle einig sein und 1000 prozentig sicher.

Und das Unmögliche geschah!

- Ich rief sie alle an. (damals noch über Festnetz ☎)
- Ich erreichte jeden sofort.
  (es waren, glaube ich, 7 oder 8 Leiter)
- Jeder hatte Zeit und machte sich sofort auf den Weg.
- Wir trafen uns vor Ort, wir sagten ihnen nur, daß sie reingehen und sich alles anschauen sollten, einschließlich der großen Halle, nicht miteinander reden, sondern jeder Jesus fragen sollte und dann würden wir uns hier auf dem Parkplatz wieder treffen und wollten ihre Meinung hören.

Sie schwärmten aus und nach ca. 20 Minuten kamen sie nach und nach wieder auf den Parkplatz.

- „Das ist unser neues Gemeindegebäude!
- So eine Salbung, wie in der großen Halle, haben wir noch nie erlebt!
- Wir hören Gott sagen: Das ist für Euch!"

Es war der Hammer.
Gott hatte auf unser Vlies geantwortet. ER hatte ALLEN, jedem Einzelnen, das gleiche gesagt, ohne eine Vor - Info von uns, ohne Besprechung von ihnen untereinander, der Heilige Geist redete EINE Sprache.

Ein Gebäude zu kaufen hatte uns Jesus nicht gegeben, wir waren offen und bereit dazu, wollten es eigentlich auch.
Aber bei allen Versuchen schloß Gott, manchmal in letzter Minute, die Tür.
Aber bei jedem Objekt lernten wir dazu.

Mit klopfendem und dankbarem Herzen schlossen wir den Mietvertrag ab.
Wir hatten mit dem Makler danach logischerweise noch ein paar Mal zu tun, er fragte immer wieder nach der Gemeinde, was der Unterschied zu den großen Kirchen sei, über Glaube und noch so Weiteres.
Der Maklerkontakt und der folgende Mietvertrag wurde zur „Evangelisations – Veranstaltung" und das Ende vom Lied war, er lud Andra und mich zu sich nach Hause ein, übergab sein Leben Jesus, wir vermittelten ihn dann zu einer Freikirche in der Nähe seines Wohnortes. Diese Gemeinde kannten wir, wußten, daß sie Jesus und den Heiligen Geist liebten und den Glauben lebten.
Viele Jahre später hörten wir, daß er immer noch dort in der Gemeinde ist. Halleluja!

Thank you Jesus!

So fing unser Abenteuer mit dem „Sohn des Zimmermanns" an. JESUS der Baumeister SEINER Gemeinde.

Und hier sogar ganz praktisch. Klar – Zimmermann ist ein Handwerk, wo Anpacken gefragt ist.

Mit Köpfchen, Mucki´s, Blaumann mit Zollstock in der Seitentasche, in die Hände gespuckt und los, mit Enthusiasmus und Herzblut.

Ein Zimmermann halt!

Und wir durften unter SEINER Regie und Aufsicht, Gnade und Schutz, Kraft und Versorgung, mit anpacken, renovieren, gestalten – und staunen, Wunder erleben.

Es ging ein Ruck durch die ganze Gemeinde.

Aufbruchstimmung, Erwartung, Tatendrang, große Freude, Gemeinde Jesu eben, Jesus – Gemeinde eben!

Jesus bereitete alles vor.

Wir hatten uns die ganzen Monate vorher schon gewundert, wen Jesus alles in die Gemeinde gebracht hatte. Es waren Handwerker, Maler, ein Architekt, einfach neue Geschwister, wir freuten uns darüber. Und die Spenden an die Gemeinde stiegen stark an. Auffallend!

Claro! ☺

Aber irgendwie haben wir nicht gecheckt, warum diese Leute und die Spenden tatsächlich kommen. Und erst später stellten wir fest, daß Gott sie geschickt hatte, mit ihren Fähigkeiten, damit sie bei der Renovierung des neuen Gemeindegebäudes helfen. So vorausschauend ist Jesus und er schafft es wirklich.

Andra und ich übernahmen die Bauleitung, weil wir schon private Renovierungserfahrung hatten und ich durch meinen Beruf als langjähriger Polizist keine Berührungsängste vor dem „Behörden – Genehmigungs – Dschungel" hatte.

Ich kannte deren Sprache und ihre Eigenarten und wußte

damit umzugehen. Und wir bekamen unsere „Nutzungsänderung, von ehemals Industrieräumen mit Hochregal – Lager in Gottesdienstliche Versammlungsräume"
PREIS SEI JESUS!

So planten, besprachen, beteten, prüften, verwarfen, planten neu, kauften Material, fragten, stellten Abschnitte auf, Arbeitspläne und -zeiten, und, und, und → und fingen dann an.
Wir renovierten fast ein Jahr, zogen aber so bald als möglich um, das Gemeindeleben und die Gottesdienste fanden in der Baustelle statt. Es war eine spannende, gesegnete und schöne Zeit. Und ganz schön anstrengend. Ich glaube zwischen meinen Polizeischichten, wohnte und arbeiteten wir auf der Gemeindebaustelle.
Und Ehre sei Jesus – wir hatten keinen Bau- oder Arbeitsunfall.

Bei einer unserer Reisen nach Israel waren wir auf einer Besichtigungstour und besuchten ein Bibelmuseum. Dort erklärte man uns, daß die Funktion des Zimmermanns, weil es ja auch über die Person Jesu ging, nicht nur der Holzbearbeiter im Sinne von Balken stutzen war, sondern daß zur Zeit Jesu, der „Zimmermann" ein Bauherr war, ein Konstrukteur, ein Bauunternehmer. Der Zimmermann baute ganze Häuser. Das war eine neue Offenbarung für uns und wir sahen Jesus in einem ganz neuen Bild.

ER ist der Baumeister unseres Lebens.

ER zieht nicht nur einen Balken ein, sondern ER baut unser Lebenshaus. ER baut unseren Glauben, ER ist für die komplett Maßnahme zuständig, ER hat und ER tut es mit Leidenschaft und ER tut es sorgfältig und ER tut es hundertprozentig erfolgreich.
Mit diesem Bild von Jesus als Baumeister waren wir auch

jetzt unterwegs, als wir die Gemeinde renovierten und das erste Mal wurde uns richtig bewußt, daß diese Bibelstelle, wo Jesus sagt, „Ich werde meine Gemeinde bauen..." nicht nur geistlich gemeint ist, sondern durchaus auch ganz praktisch verstanden werden kann und darf.

Und ER bezahlte alles. Im Voraus.
Ganz nach dem allgemein bekannten Satz:

Wer anschafft – zahlt auch!

Und wir erlebten Wunder über Wunder im Zusammenhang mit der Gemeinderenovierung. Ich möchte hier einige besondere Ereignisse schildern.

Und wie gesagt: alles echt, alles erlebt, kein Fake, keine Fiktion, kein Science Fiction, sondern einfach die Hand unseres Gottes in Aktion für SEINE GEMEINDE.

Die Hand im wörtlichsten Sinne - Du wirst es gleich lesen.
Alle Ehre sei IHM dafür!

Wo sind „Baustellen" in Deinem Leben?
Oder in der Gemeinde, in der Du bist?
Sucht ihr schon lange nach neuen Räumlichkeiten?

Und Du stellst jetzt fest, Du oder Ihr habt den „Baumeister"
zu wenig involviert, zugetraut.
Wart nur in der Logik verstrickt - „der Immo – Markt gibt zur
Zeit nichts her, zu angespannt".

Merksatz:
„Beim Baumeister Immo – Markt ist immer das Richtige
verfügbar , es wird nur zu wenig danach gefragt"!

Beton – Lkw steckt fest

Bei der Renovierung der Gottesdiensthalle haben wir einen Betonlaster gebraucht, um die Bühne zu betonieren. Wir verständigten den Chef der Firma, der kam selbst, um sich anzuschauen, wie groß der Laster sein durfte, damit er auch durch die Toreinfahrt durchpassen würde. Er maß es aus und wollte dann zwei kleine Betonlaster schicken, damit es auch funktionieren würde.

Als der Tag des Betonierens gekommen war, alles hatten wir vorbereitet, kam wider Erwarten und Absprache, ein großer Betonlaster und er fuhr problemlos, schwer beladen mit mehreren Kubikmetern Beton, durch das Tor durch.

Wir gossen die Betonplatte der Bühne, nach einiger Zeit war die Arbeit fertig und die Trommel des Betonlasters leer und der Fahrer wollte wieder nach draußen fahren.

Als er vor dem Tor stand und durchfahren wollte, stellte er fest, daß er nicht mehr durchkam, weil mittlerweile die leere Betontrommel aus den Blattfedern des Betonmischers herausgedrückt war und der Lkw jetzt hinten zu hoch war. Es waren circa 20 Zentimeter zuviel an Fahrzeughöhe, so daß der Laster nicht mehr aus der Halle kam.

Wir standen ratlos herum und überlegten, wie wir den Lkw niedriger machen könnten.

Unsere Ideen waren schon ziemlich lustig, aber eigentlich hilflos. Wir überlegten, ob wir die Luft aus den Reifen lassen könnten, damit würde er zwar niedriger werden, aber wir wussten nicht wie wir danach die Reifen wieder aufpumpen sollten.

Wir überlegten den Türsturz, beziehungsweise den Torsturz aufzubrechen, aber dann hätten wir einen enormen baulichen Schaden verursacht.

Und die Überlegungen gingen in alle möglichen Richtungen, aber wir kamen letztendlich zu keinem Ergebnis.

Der LKW Fahrer war völlig frustriert und fing das Fluchen und Schimpfen an, was wir ihm natürlich untersagten, weil es ja eine Gottesdienst Halle war und er gehorchte zwar, war ebenso völlig ratlos und brummte ärgerlich vor sich hin.

Schlußendlich kam uns der Gedanke, daß wir beten könnten. Meistens kommt man da erst zum Schluß oder zu spät drauf. Man könnte sich so manche Mühe und Frust sparen. Und so taten wir es dann auch gleich (oder endlich?) und wir baten Gott, sich der Angelegenheit anzunehmen und den Laster irgendwie rauszubringen.

Und Gott antwortete auch sofort.
Plötzlich wurde die Lkw Trommel wie von einer unsichtbaren Hand nach unten gedrückt. Der Laster ging ungefähr 25 Zentimeter nach unten und verharrte in dieser Stellung. Wir starrten fassungslos auf das, was gerade vor unseren Augen passierte. Wir waren ungefähr fünf oder sechs Leute aus der Gemeinde, die Augenzeugen wurden.
Wir realisierten, daß das JETZT der Zeitpunkt von Gott war, um zu handeln.
Wir riefen alle nach dem Fahrer, der ebenfalls völlig ratlos ausgestiegen war und herumrannte, wie ein aufgescheuchtes Huhn.
Wir riefen dem Lkw Fahrer zu, daß er sofort nach draußen fahren sollte.

Der Fahrer sah dieses Wunder auch, wurde kreidebleich und sprachlos, er jump'te in seinen Laster und fuhr ihn vorsichtig durch das Tor.

Draußen blieb er stehen, stieg nochmal aus wegen dem Papierkram (immer noch kreidebleich oder wie der Bamberger sagt: „keesweiß im Gsichd") und alle zusammen starrten wir wieder auf die Beton – Trommel, die sich vor unseren Augen langsam wieder aus den Federn hob, bis es wieder die normale Fahrzeughöhe war, so als wäre die unsichtbare Hand von dieser Trommel weggenommen worden.

Wir wollten dem Fahrer erklären, was hier gerade passiert war, Eingreifen Gottes, Wunder, Jesus lebt und so weiter, aber er flüchtete mit seinem Laster, wie von der Tarantel gestochen. Ich glaube, der hatte richtig Angst vor diesem Gott, vor dieser Gemeinde.

WOW – wir wußten und sahen, daß Gott mit uns war.

Unglaublich – oder?

Die unsichtbare Hand Gottes hat das Ding geschaukelt. Ganz real.

Fang an dafür zu beten, daß der Heilige Geist anfängt, Deine Fantasie und Vorstellungskraft so zu beflügeln, daß Du Dir „UNMÖGLICHES" vorstellen kannst, Du davon träumst, darüber redest.

Willkommen im Hebräer 11 / 1 ☺

Hallo – Echo!

Eine weitere starke Geschichte war, als wir erlebten, wie Gott sich um das Echo gekümmert hatte, das in der Halle herrschte.

Eigentlich klar, diese Halle war „nur" eine blanke Betonhalle, 35 Meter lang, 7 Meter hoch. Als wir das erste Mal in die Halle traten, stellten wir fest, daß in der Halle ein riesiges Echo war.

Man kann sich das so vorstellen, daß wenn man an der Eingangstür stand und „Hallo" sagte und dann langsam auf die andere Seite der Halle ging, also 35 Meter, man noch sein eigenes „Hallo" hören konnte. Das war natürlich ein Riesenproblem für eine Versammlungshalle, weil man das Echo ja in irgendeiner Form einfangen mußte, um überhaupt einen verständlichen Sound zu bekommen.

Wie würde sich das anhören bei einer Predigt, wo man gerade mal anfängt „Hallo guten Morgen" und dann hört man eine Viertelstunde „Hallo guten Morgen", nur durch das Echo hervorgerufen.

Begrüßung ist ja alles schön und gut und wird erwartet, aber nicht so.

Beim Abschlusssegen wäre das natürlich ein willkommener Effekt, wenn man sagt: „Gott segne dich" und dann hört man: „Gott segne Dich - Gott segne dich - Gott segne dich – dich – dich – dich - dich ..."

Das wäre natürlich ein Gag, eine interessante Verabschiedung aus dem Gottesdienst. Aber es ging ja hier nicht um Gag.

Aber nun hatten wir mit diesem Problem zu kämpfen und wir mußten uns eine Lösung einfallen lassen. Natürlich hatten wir durch die Erfahrung mit dem Lkw schon gelernt, daß wir beten und auf Gottes übernatürliche Hilfe hoffen konnten (mußten).

So verständigten wir einen Akustiktechniker, der speziell für Versammlungsräume Lösungen anbot und er kam, brachte seine Meßinstrumente mit, um damit die verschiedenen Zeit- und Echosequenzen auszumessen und uns dann adäquate Lösungsvorschläge zu machen. Dann sagte er uns, was das in etwa kosten würde.

Wie gesagt, der Mann kam, nahm seine Meßinstrumente, schüttelte den Kopf und sagte „Das ist wirklich ein Riesenecho. Hab ich selten gehabt. Um das durch verschiedene Schalldämmungs - Maßnahmen in den Griff zu kriegen, müßten Sie mit ungefähr 50.000 DM rechnen, um diese Halle zu einer Versammlungshalle mit gutem Klang und Akustik zu machen."
Wir bedanken uns für seinen fachmännischen Rat und sagten ihm, daß wir uns wieder melden würden.

Damals hatten wir noch die gute, alte und stabile DEUTSCHE MARK (DM). Ach, waren das noch Zeiten. Die Umstellung auf den EURO kam erst am 01.Januar 2002. Viele Preise verdoppelten sich fast über Nacht, aber nicht das Einkommen.

Wir fingen wieder das Beten an und baten Gott um eine andere Lösung. Eine Lösung, die von IHM kommt und die SEINE Handschrift trage. Und die nicht 50.000 DM kostet.

Und Gott gab Andra und mir Eindrücke, was wir an Schalldämmungsmaßnahmen machen sollten.

Gottes Humor ist schon irgendwie sehr besonders!

Ich bekam immer wieder ein Bild und ein Wort in meinen Geist und Gedanken und das hieß

„Schweinestall".

Ich dachte mir: „Gott das kann doch jetzt nicht von DIR sein, weil das ist kein Schweinestall, sondern es soll DEINE Halle werden!" und trotzdem kam dieses Wort und dieses Bild „Schweinestall" immer wieder und ich merkte, daß Gott mir damit etwas sagen wollte. So fragte ich Jesus, was es denn damit auf sich habe.

Und ER sagte zu mir: „Günther, erinnere dich dran, als Jugendlicher warst du immer bei einem Bruder aus deiner Gemeinde zum Helfen, er war Landwirt, er hatte einen großen Schweinestall und wie war dieser Schweinestall schallgedämmt?"

Plötzlich fiel es mir wieder ein. Nach 29 Jahren. Ich hatte nie mehr daran gedacht. Aber zum Glück hab ich Jesus – ER vergißt nix.
Außer der Sünden, die ich ihm bekannt habe und ER mir vergeben hat. Die sind bei IHM vergessen! Gott sei Dank.

> *„Wenn wir aber unsre Sünden bekennen,*
> *so ist er treu und gerecht,*
> *daß er uns die Sünden vergibt*
> *und uns von aller Ungerechtigkeit reinigt."*
> 1.Johannes 1 / 9

> *„dadurch, daß er den durch seine Satzungen*
> *gegen uns lautenden Schuldschein,*
> *der für unser Heil ein Hindernis bildete,*
> *ausgelöscht und ihn weggeschafft hat,*
> *indem er ihn ans Kreuz heftete."*
> Kolosser 2 / 14

„Denn ihren Übertretungen gegenüber
werde ich Nachsicht üben
und ihrer Sünden nicht mehr gedenken."
Hebräer 8 / 12

Ausgelöscht, vergeben und vergessen, welch ein Segen.
Das ist so wichtig zu wissen, daß meine Sünde durch das Blut
Jesu weggewaschen und vergeben und vergessen ist.
Wir werden immer wieder mit Verdammnis geplagt, von
einem, dem Teufel, der uns einreden will, wir sind schuldig
für immer.
Denkst´e!
Vergebung durch Jesus ist garantiert, wenn ich und Du zu
Jesus kommen und darum bitten und es IHM bekennen.
WOW! Frei! Keine Verdammnis mehr!
Teufel – halt die Klappe!

„So gibt es also jetzt keine Verurteilung mehr für die,
welche in Christus Jesus sind."
Römer 8 / 1

Aber zurück zum „Schweinestall".
Ich hatte damals den Bauern nach diesem Material gefragt,
daß an den Wänden und Decken war, das ich selber noch
nicht gekannt hatte.
Der Bauer erklärte mir, daß es „Heraklith" sei. Das waren
Leichtbau - Platten aus gepreßter Holzwolle. Platten 2 Meter
lang, 50 Zentimeter breit, gebunden mit Zement, so daß sie
auch feuerfest waren. Diese Oberfläche war so rauh, daß sie
den Schall enorm schluckten und plötzlich wurde mir klar,
was Gott mir mit „Schweinestall" sagen wollte.
ER hatte mich an diese Zeit auf dem Bauernhof hingewiesen,
so daß ich den Zusammenhang herstellen konnte und ich
mich an „Heraklith" erinnerte.
Warum ER nicht einfach „Heraklith" sagte, entzieht sich
meiner Kenntnis. ER ist der Chef. Aber ich hatte es gecheckt.

Bitte denk mit dran und erinner` mich, daß wir Gott eines Tages in der Ewigkeit danach fragen.

Jetzt war klar, daß wir diese Heraklithplatten verwenden sollten, um an den großen Wänden wo der Schall hauptsächlich aufprallt, den Schall zu binden und zu stoppen. Desweiteren gab er uns das Bild, daß wir die Wände mit Stoff bespannen sollten, mit Luftpolster darunter, auch das würde den Schall schlucken und zusätzlich isolieren.

Auch sollten wir einen Teppichboden verlegen einen Filzboden (700 Quadratmeter, DU weißt was das bedeutet) auch das würde zur Schalldämmung beitragen.
Wenn dann noch die Stühle drin wären, hätten wir eine optimale Hallenakustik.
Das waren die Ideen und Pläne von unserem Zimmermann Jesus.
Nun gut, wir waren keine Sachverständigen, wußten von der Erfahrung nicht wirklich, ob das funktioniert. Aber wir vertrauten unserem Bauherren.

> „Wenn der HERR das Haus nicht baut,
> so arbeiten umsonst, die daran bauen!"
> (Erinnere Dich an diesen Vers!)

Wir legten diese „verrückt einfachen Pläne" unserem Bauteam und Gemeindeleitung vor und sie schauten uns etwas schief an und bezweifelten zunächst den Erfolg. Sie sagten uns, daß das so nie funktionieren würde. Wenn der Fachmann von speziellen Materialien spricht, dann könnten wir nicht mit Schweinestall Ausstattung kommen.

Logik versus Glauben / Vertrauen!
Hier kämpfte wieder einmal Verstand, Logik und Lebenserfahrung gegen göttliche, unlogische, unvorstellbare Lösungen.

Auch bei uns in der Gemeinde, bei uns charismatischen Jesus Freaks. Ooh – shame on us!
Aber es war so und ist leider immer wieder so. Der Erneuerungsprozeß gemäß der Stelle aus Römer 12 geht weiter und **muß** weitergehen.

Ich sagte also zu unseren Leuten:
„Paßt mal auf! Wir sind uns hundertprozentig sicher, was wir von Jesus gehört haben. Wenn es nicht funktionieren sollte, dann werden wir die Kosten für das, was wir dafür dann ausgegeben haben, aus eigener Tasche bezahlen, so daß die Gemeinde keinen Schaden haben würde. Dann hätten wir nur die Arbeitszeit umsonst investiert und wären eine oder mehrere Erfahrungen reicher."

Letztlich gewann der Glauben und das Vertrauen. Klar, waren ja auch „unsere Leiter" in der Gemeinde.
Mit diesem Vorschlag waren sie auch einverstanden und so machten wir uns ans Werk, spuckten in die Hände, Schweißtuch parat – los ging's.

Heraklithplatten an bestimmte Wände, Wandbespannung, Nadelfilz verlegen. Es war eine anstrengende Zeit, immer auf dem Gerüst oder am Boden auf den Knien, aber es flutschte. Der Zimmermann war mit uns.

Bei den Behörden, Bauamt, Feuerwehr (Rettungswege und Notausgänge) und dem Vermieter öffnete Jesus Türen, gab uns Gunst und Verständnis, alles lief super.
Alles immer getragen vom Gebet und der Gewißheit:

Dieses Gebäude hat uns Jesus gegeben,
damit wir darin die Jesus – Gemeinde Bamberg
unter SEINER Führung weiterbauen
und für eine großartige Ernte
von tausenden von Menschen die gerettet werden,
vorbereitet sind.

Erinnerst Du Dich? „Ich will meine Gemeinde bauen...“

Alle Materialien mußten ja auch gemäß der behördlichen Vorgaben der Brandschutzklasse B1 entsprechen und sie waren von den Lieferanten entsprechend präpariert worden.

Wir hatten immer diese Vision und unseren Auftrag vor Augen und waren gespannt auf das Ergebnis. Wir wußten es ja nicht wirklich, wir gingen Schritt für Schritt im Vertrauen, aber wir glaubten unserem Zimmermann.

FERTIG!

Wir riefen wieder den Spezialisten, der uns ja schon einmal geholfen hatte. Als er in die Halle kam, blieb er vor Schreck stehen und rief aus: „Um Himmels willen, was habt ihr denn da gemacht! Das Zeug bringt doch gar nix!“

Unser Herz rutschte in die Hose, unser Glaube war angeknackst.
„Bitte meß´ trotzdem mal durch“ baten wir ihn.

Glaube und Hoffnung gegen geprüften Akustik – Spezialist.
Logik gegen göttliche, verrückte Lösungen.

Er holte sein Meßgerät wieder hervor, diesmal erschien uns dieses Gerät ziemlich bedrohlich.

Mister Spezialist starrte auf seine Anzeige, schaltete aus, wieder ein, starrte weiter.
Schaltete aus, ging nach draußen, holte ein anderes Meßgerät, messen, starren, aus, ein, starren.

Fassungslosigkeit erschien auf seinem mittlerweile bleichem Gesicht.
„Des gibd's doch ned! Des kann gar ned sei´! Ned mit dem Zeuch an die Wänd´!“

(Er muß wohl aus Franken gewesen sein, seiner wohlklingenden Sprache nach ☺)

Wir fragten ihn, was denn los sei.

„Ich hab jetzt alles mehrmals gemessen, zwei verschiedene Geräte. Ich dachte schon das eine Gerät sei kaputt. Der Zeiger steht genau in der Mitte auf Null.

Die Null ist das Optimalste, was man hinkriegen kann. Ein wenig mehr und es gibt wieder Echo, weniger und die Akustik ist tot.

Wer hat euch denn auf die Ideen mit den Materialien gebracht? Das Mischungsverhältnis der unterschiedlichen Flächen?"

„Der Zimmermann!"

„Der Zimmermann ????"

„Ja, Jesus, der Zimmermann."

Und dann gaben wir ihm Zeugnis davon, wie Jesus uns auf die Ideen gebracht hatte und daß ER uns ganz explizite Anweisungen gegeben hatte.

„Unglaublich! So was hab´ich ja noch nie g´hört. Aber es hat funktioniert."

Und als Abschluß dieses Wunder – Erlebnisses: Die Kosten für unsere himmlische Akustik – Maßnahme war ein Bruchteil dessen, was der Spezialist für seine Maßnahmen veranschlagt hatte.

Jesus – DU bist einsame Spitze.

Du bist der Champion of Zimmerman´s!!!!

Disco meets Church:

„Halleluja!
Lobt Gott in seinem (himmlischen) Heiligtum,
lobt ihn in seiner starken Feste!
Lobt ihn ob seinen Wundertaten,
lobt ihn nach seiner gewaltigen Größe!
Lobt ihn mit Posaunenschall,
lobt ihn mit Harfe und Zither!
Lobt ihn mit Pauke und Reigentanz,
lobt ihn mit Saitenspiel und Flöte!
Lobt ihn mit hellklingenden Zimbeln,
lobt ihn mit lautschallenden Zimbeln!
Alles, was Odem hat, lobe den HERRN!
Halleluja!"
Psalm 150

„Ein Psalm. Singt dem HERRN ein neues Lied!
Denn Wunderbares hat er vollbracht:
den Sieg hat seine Rechte ihm verschafft
und sein heiliger Arm.
Der HERR hat kundgetan sein hilfreiches Tun,
vor den Augen der Völker seine Gerechtigkeit offenbart.
Er hat gedacht seiner Gnade und Treue
gegenüber dem Hause Israel:
alle Enden der Erde haben geschaut
die Heilstat unsers Gottes.
Jauchzet dem HERRN, alle Lande,
brecht in Jubel aus und spielt!
Spielet zu Ehren des HERRN auf der Zither,
(davon haben wir gerade nicht so viel ☺)
auf der Zither und mit lautem Gesang,
mit Trompeten und Posaunenschall!
Jauchzt vor dem HERRN, dem König!"
Psalm 98 / 1 – 6

Die englische King James Übersetzung formuliert es noch ein bisschen umgangssprachlicher, nicht ganz so „fromm“:

> *„ Make a **joyful noise** unto the LORD,*
> *all the earth: Make a **loud noise**,*
> *and rejoice, and sing praise.*
> *Sing unto the LORD with the harp;*
> *With the harp, and the voice of a psalm.*
> *With trumpets and sound of cornet.*
> *Make a **joyful noise** before the LORD, the King. "*

Also die Aufforderung, dem Herrn, unserem König einen "fröhlichen Lärm" zu machen. Einen lauten Lärm! Dazu werden wir in den paar Versen **DREI** mal aufgefordert.

Sozusagen mit Pauken und Trompeten, alles rein, was wir haben, All in! Zur Ehre unseres Vaters im Himmel.

Das mußte ER uns nicht zweimal sagen!

ER scheint es zu mögen.

Keine Beerdigungsmusik, keine Trauergottesdienste.

NICHT IM HAUS GOTTES!

Am Friedhof ja – aber nicht im Haus des HERRN!

NEIN → FREUDENFESTE!

Jubel über unseren Gott. Begeisterung über Jesus, betrunken im Heiligen Geist, so daß wir nicht mehr stehen können. Lachen, jauchzen – volle Sahne.

Das liebt Gott offensichtlich.

War an Pfingsten auch so. Es war praktisch der erste Gottesdienst. Die Action – Story kannst Du nachlesen in der Apostelgeschichte, Kapitel 2. Da geht die Post ab. Da steppt der Bär. Der Heilige Geist macht den Krach und das Außenrum.

120 Leute sind zusammen, beten zum Herrn, der Heilige Geist rauscht an mit Getöse und zwar so, daß fast die ganze Stadt zusammenläuft. ER erfüllt die erste Gemeinde dermaßen, daß einige der gekommenen Zuschauer dachten: "die sind doch alle besoffen!".

An was die das wohl gesehen hatten?

Torkeln, fröhliches Lachen, umfallen, unverständliche Worte reden, sich in den Armen liegen, jubeln, singen, ruhig und geflasht in der Ecke hängen?

Das könnte genauso eine Beobachtung vom letzten Schützen- oder Feuerwehrfest sein. Das hab ich so, in der gesamten Form, häufig im Dienst erlebt, wenn wir bei Volksfesten eingesetzt waren.

Aber genau das Gleiche habe ich bei Gottesdiensten in aller Welt gesehen, nachdem der Heilige Geist mit Macht auf die Menschen gekommen war. Man nennt es "Kraftwirkungen des Geistes".

Petrus erklärt mal kurz was hier abgeht, Jesus und so, und ruft zur Entscheidung auf. Krass. Ohne Chor und emotionales Lied, ohne "wir schließen jetzt alle mal unsere Augen".

"Hey Leute! Ich habe Euch hier erklärt, was Sache ist, ohne Jesus geht ihr für immer verloren. Und das ganze Außenrum hier, einschließlich der "Trunkenheits – Symtome, kommt vom Heiligen Geist als Bestätigung. Selbst die uns bestens bekannten, alten Propheten haben das, was ihr hier seht, beschrieben. Es ist also ab jetzt normal, weil der Heilige Geist heute ausgegossen wurde.
Wer will Jesus in sein Leben aufnehmen und gerettet werden? Handzeichen bitte!"
WUMM! 3000 Hände schnellen hoch zum Himmel. WOW! Was für ein Ergebnis für eine Heilig Geist inzenierte Krach Evangelisation. Ohne Flyer, social Medias – nada. Einfach nur ein Holy Spirit Meeting!
Ob wir was lernen können? - Sollten?

Und kurz danach haben sie, 120 Jünger, die 3000 Neubekehrten im Wasser getauft. Nach dem Vorbild Jesu. Durch vollständiges Untertauchen mit freiem Willen und eigener Entscheidung. Ohne Wartezeit und Prüfung, ob sie es ernst gemeint haben. Einfach getauft. Alle 3000. Ab ins Wasser. Und ab in die Gemeinde! Die 120 hatten alle Hände voll zu tun. Halleluja!

Und deswegen gehört zu einer ordentlichen Gemeinde ein ordentlicher Sound. Wortverkündigung und musikalischer Lobpreis. Volle Kanne, was die Instrumente und Mikrophone hergeben. Biblisches Vorbild sei Dank. Dezibel müssen her.
Was meinst Du was eines Tages im Himmel los sein wird, wenn wir Jesus direkt gegenüber stehen und ihn begeistert, dankbar, glücklich und anbetend anschauen.
Da rollt der Jubel! Und das wird nicht leise sein, das verspreche ich Dir!

Was meinst Du, wieviele Dezibel der Lobpreis haben wird, wenn Millionen und Abermillionen von Erlösten, ihren Erlöser und Retter anbeten, zujubeln und IHN feiern.
Da nimm mal lieber Ohrenstöpsel mit.

Natürlich gibt es auch ruhige und stille Zeiten vor Gott. In SEINER Gegenwart ruhen. Die innige Gemeinschaft und Liebe des Vaters genießen. Da brauchen wir keinen Krach. Aber es darf und soll auch laut und fröhlich sein.

Jetzt hatten wir ja die Voraussetzungen geschaffen.
Zeiger auf Null – erinnerst Du Dich?
Klar, Dein Kurzzeitgedächtnis is ja ok.

Ich mein´, 4900 Kubikmeter Rauminhalt wollen beschallt werden. Beleuchtet. So daß es was ausschaut und sich gut anhört.
Mit unserer alten Anlage konnten wir nicht mehr punkten. Etwas anderes mußte her.

Fachkundigen Angeboten nach, mußten wir wieder für Sound und Licht mit ca. 50.000 DM rechnen.

Und wieder ab zum „Zimmermann".
ER, der vor tausenden von Leuten ohne Mikro gepredigt hatte, es nicht brauchte.

Weil vor SEINER Stimme das Universum erbebt, gehorcht und sich verbeugt.

„Bringt dar dem HERRN die Ehre seines Namens,
werft euch nieder vor dem HERRN in heiligem Schmuck!
Der Donner des HERRN rollt über dem Meer;
der Gott der Herrlichkeit donnert,
der HERR über weiter Meeresflut!
Der Donner des HERRN erschallt mit Macht,
der Donner des HERRN in seiner Pracht!
Der Donner des HERRN zerschmettert die Zedern,
ja der HERR zersplittert die Zedern des Libanons
und läßt sie hüpfen wie Kälbchen,
den Libanon und Sirjon wie junge Büffel.
Der Donner des HERRN läßt Feuerflammen sprühn;
der Donner des HERRN macht die Wüste erbeben,
der HERR macht erbeben die Wüste Kades."
Psalm 29 / 2 - 8
(* Sirjon ist eine Landes - Bezeichnung für den Berg Hermon,
an der syrisch – libanesisch – israelischen Grenze)

Da ist Power in der Stimme des Herrn.
Jesus braucht keine Light – Show, weil er das Licht der Welt ist, der strahlende Morgenstern!

„Ich, Jesus, habe meinen Engel gesandt,
um euch dieses vor den Gemeinden zu bezeugen.
Ich bin der Wurzelsproß vom Geschlecht Davids,
der helle Morgenstern."
Offenbarung 22 / 16

„Nun redete Jesus aufs neue zu ihnen und sagte:
Ich bin das Licht der Welt:
wer mir nachfolgt, wird nicht in der Finsternis wandeln,
sondern das Licht des Lebens haben."
Johannes 8 / 12

Halt´Dich fest! Schnall Dich lieber an! Setz die Sonnenbrille, ach was - besser noch die Schweißerbrille auf.
Es ist besser, Du hast Jesus zum Freund und Retter!

JESUS ist der Erfinder und Schöpfer der Akustik und des Lichts. (unter anderem)
Sozusagen der Oberfachmann. Der Zimmermann, der sich in ALLEM auskennt, weil ER es erfunden und geschaffen hat. (nicht Ricola aus der Schweiz!)

JESUS!

„ER ist ja das Ebenbild des unsichtbaren Gottes,
der Erstgeborene aller Schöpfung;
denn in ihm ist alles geschaffen worden,
was im Himmel und auf der Erde ist,
das Sichtbare wie das Unsichtbare,
mögen es Throne oder Herrschaften,
Mächte oder Gewalten sein:
alles ist durch ihn und für ihn geschaffen worden,
und er ist vor allem,
und alles hat in ihm seinen Bestand.
Ferner ist er das Haupt des Leibes,
nämlich der Gemeinde:
er ist der Anfang, der Erstgeborene aus den Toten,
er, der in allen Beziehungen
den Vorrang haben (der Erste sein) *sollte."*
Kolosser 1 / 15 – 18

Die immerwährende Nummer

1

JESUS!

Wir beteten wieder und baten um SEINE „WUNDER – bare"
Lösung.
Wir waren ziemlich relaxt und doch aufgeregt, gespannt, was
ER uns diesmal zeigen würde.

Ein paar Tage später kam ein Bruder der Gemeinde, der auch
voll in der Bau - Mannschaft dabei war, zu uns und sagte:
„Ein Bekannter hat mich angerufen. Der hatte bis vor ein paar
Jahren eine große Diskothek im Landkreis Bamberg, diese
aber aufgegeben. Sein komplettes Sound- und
Lichtequipment hatte er eingelagert und er wolle es jetzt
verkaufen. Wäre das was für uns? Das schaut nach der
Antwort aus."

„Schau Dir das ganze Zeug mal an und frag ihn, ob alles geht
und was er dafür will."
Mit diesem Auftrag schickten wir den Bruder los, er kannte
sich mit den Sachen ziemlich gut aus, er hatte früher, bevor er
zu Jesus kam, eine Show – Band, mit der er in ganz
Deutschland unterwegs war.

„Alles ok, etwas verstaubt, weil es in einer Scheune
eingelagert war, funktionstüchtig, soweit ich es so überprüfen
konnte. Vollausstattung Licht, Sound, Effekte und so."

„Ja und der Preis?" Es hörte sich super an.

„5000 will´er dafür."

Wir beteten, legten es „unserem Zimmermann" vor und Jesus gab uns Grünlicht. Es war SEIN Arrangement für uns.

Und so holten wir alles ab, reinigten es vom Staub und Hühnerfedern (die rannten auch in der Scheune rum, also die Hühner – nicht die Federn!), testeten alles bevor wir es montierten, verlegten Kilometer von Kabeln, und und und.

Und dann der erste Volltest. Volle Sahne. Aufgedreht und eingeschaltet. Light´s on!

Mamma Mia!

Hey Man! Ich sag Dir, Du hast wirklich gedacht, Du bist in der Disko.
(ok, war ja auch nicht schwer so zu denken – oder?)

Ein Hammer – Sound. Eine Light – Show vom Feinsten.

Die Bass – Boxen unter der Bühnen - Treppe schoben fast die erste Stuhlreihe weg. Sie hatten die Power, Dein Toupet zu lüften und Deine restlichen Stoppelhaare im Wind flattern zu lassen.

Ich glaube, wir waren damals die einzige Gemeinde in ganz Deutschland mit einer Disko – Kugel, Nebelmaschinen, Stroboskop, Schwarzlicht und anderen Lichtmaschinen mehr. Und alles für 5000 DM.

Und sie funktionierten astrein, teilweise haben wir Sachen heute noch, nach 20 Jahren, in Gebrauch.
Wir können jubeln, tanzen und springen vor Freude und

Begeisterung über unseren Retter, Befreier, Heiler, Zimmermann - Halleluja Jesus.

Im Verlauf der nächsten Jahre schrieben wir einige Kindermusicals und da war natürlich unser gesamtes „Disco" Sound- und Light - Equipment ein riesiger Segen bei der Aufführung in der Gemeinde. Bämm!

Es ist schon klar, daß wir die volle Dröhnung nicht ständig machen. Wir fahren normalerweise schon mit annehmbarer und angenehmer Lautstärke. Logo.

Wir wollen ja unsere Gottesdienstbesucher, die aus allen Altersklassen sind, nicht ärgern oder vertreiben. Und nicht ständig gegen Ohrenprobleme beten, die wir vielleicht selber verursacht hätten.

Aber wir könnten, wenn wir wollten!

Und wir dürften, wenn wir wollten.

Denk an den joyful noise, the loud noise. ☺

Also Du kannst gerne kommen, auch ohne Ohrenstöpsel oder Angst, daß wir Dich wieder zur Tür „rausblasen".

Gott kann laut oder leise,
sanft oder gewaltig.
Wir dürfen keines ausschließen.

Starkregen gehorcht dem Namen Jesus

Wenn wir über Wunder reden, die Jesus gemacht hatte, gibt es ein ganz bekanntes Beispiel aus der Bibel, wo ER dem Sturm befiehlt, ruhig zu sein. Und der Sturm mußte SEINEM Wort gehorchen.
Lies selbst.

> *„So ließen sie denn die Volksmenge gehen*
> *und nahmen ihn, wie er war, im Boote mit;*
> *doch auch noch andere Boote begleiteten ihn.*
> *Da erhob sich ein gewaltiger Sturmwind,*
> *und die Wellen schlugen in das Boot,*
> *so daß das Boot sich schon mit Wasser zu füllen begann;*
> *er selbst aber lag am hinteren Teil des Bootes*
> *und schlief auf dem Kissen.*
> *Sie weckten ihn nun und sagten zu ihm:*
> *Meister, liegt dir nichts daran, daß wir untergehen?*
> *Da stand er auf,*
> *bedrohte den Wind und gebot dem See:*
> *Schweige! Werde still!*
> *Da legte sich der Wind, und es trat völlige Windstille ein.*
> *Hierauf sagte er zu ihnen:*
> *Was seid ihr so furchtsam?*
> *Habt ihr immer noch keinen Glauben?«*
> *Da gerieten sie in große Furcht und sagten zueinander:*
> *Wer ist denn dieser,*
> *daß auch der Wind und der See ihm gehorsam sind?"*
> Markus 4 / 36 – 41

Das muß wirklich beeindruckend gewesen sein. Gerade noch mitten im Sturm, Todesgefahr, ein Heulen des Sturmes, patschnaß bis auf die Knochen, Wasser schöpfen wie ein Weltmeister, Schreie, Panik, Hilflosigkeit gegenüber den Naturgewalten. Titanic läßt grüßen.

Und man denkt, man ist sicher, weil man ja Jesus an Bord hat. (Mann – Mann – Mann!)
Und was macht Jesus? ER pennt! Wie bitte – ER pennt?
Bei dem Sturm? Bei dem Krach? Bei dem Wasser, was ins Boot donnert?

Ja!!!
Jesus wußte, daß IHN dies alles nicht umbringen konnte.
ER ist der Fürst des Lebens. ER ist das Leben selbst. Das Leben in Person. ER steht als IHR Schöpfer über den Naturgewalten.
Der Sturm kann IHN mal – beziehungsweise eben nicht! Genau!

> *„Um deswillen hat der Vater mich lieb,*
> *weil ich mein Leben hingebe,*
> *damit ich es wieder an mich nehme;*
> ***niemand nimmt es mir,***
> *sondern ich gebe es freiwillig hin.*
> *Ich habe Vollmacht, es hinzugeben,*
> *und ich habe Vollmacht, es wieder an mich zu nehmen;*
> *die Ermächtigung dazu habe ich*
> *von meinem Vater erhalten."*
> Johannes 10 / 17 + 18

Kein Sturm und keine Wellen konnten Jesus was anhaben, sie haben es versucht, aber – NO WAY!

> *„Denn der Sold,*
> *den die Sünde zahlt, ist der Tod,*
> (= Lohn, unausweichliche Folge)
> *die Gnadengabe Gottes aber ist das ewige Leben*
> *in Christus Jesus, unserm Herrn."*
> Römer 6 / 23

„Wir haben ja (an ihm - Jesus)
nicht einen Hohenpriester,
der nicht Mitgefühl
mit unsern Schwachheiten haben könnte,
sondern einen solchen,
der in allen Stücken auf gleiche Weise (wie wir)
versucht worden ist,
nur ohne Sünde (ohne zu sündigen). "
Hebräer 4 / 15

Sünde → Tod! Unausweichlich. Diesen Lohn bekommst Du automatisch.
Keine Sünde → kein Tod! Logo! ☺
Das ist ein ganz wichtiger Satz – wir kommen später noch darauf.
Also konnte nichts und niemand Jesus das Leben nehmen. Kein Steinigungsversuch, kein Mordkomplott, kein Sturm! Nicht mal später am Kreuz. ER hat es freiwillig, selbst, aus Liebe zu Dir und mir, hergegeben, geopfert.

Und deswegen konnte ER ruhig schlafen.
Aber die Nachfolger Jesu, die, die dabei waren, die hat's ganz schön durchgeschüttelt, im Natürlichen und auch in ihrem Glauben. Was soll das jetzt?

„Wir sitzen doch alle im selben Boot"
JA, aber es kommt darauf an, was Du machst. Aufgeben, resignieren, mit der Masse untergehn oder Dich auf Jesus und SEINE Worte besinnen und es zumindest versuchen, es IHM nachzumachen. Das ist oft das Problem. Wir schauen auf die Anderen. Was machen die? Wenn die auch in der gleichen Situation und Reaktion sind, denken wir, es ist normal, weil ja alle es so machen. Die Mehrheit hat RECHT!
Denkste wohl!

Das Boot der Jünger war nicht das Einzige im Sturm. Andere

Boote mit Leuten, die Jesus kannten und nachfolgten (claro, sonst wären sie ja nicht mit ihren Booten mitgefahren) waren in der Nähe und auch im Sturm. Logisch oder?
(Hier darf jetzt die Logik mal mitreden okaaaay - ausnahmsweise!)
Alle kämpfen, alle paniken, alle schauen zum Boot rüber, in dem Jesus einfach pennt. Wie unter einer Käseglocke. Kein Lärm, kein naßwerden, heftig in den Schlaf geschaukelt.

Und sie warten auf Rettung. Aber nix passiert – erstmal.
Ist es doch eine dumme Sache, das mit dem Glauben?
– könnte man glauben.

Eine andere bekannte Geschichte von Jesus ist so ähnlich.
(Matthäus 14 / 24 - 29)
Die Jünger im Boot, Jesus kommt später nach, sagt ER.
(HALLO - ?, die Fährverbindungen waren gerade wegen Sturm eingestellt worden), genau – Sturm, Wellen, Boot voll, Hose voll, Angst, Panik, Schreien. Also der ganz normale Wahnsinn. Schon wieder. Adieu – schönes Leben.

Und dann kommt Jesus! Über's Wasser gelaufen, als wär's die Uferpromenade. Mit Sandalen, nicht mal Gummistiefel. Ohne Licht und Reflektorweste (es war nämlich stockdunkel). Aber die Straßenverkehrsordnung für das Verhalten von Fußgängern (§ 25 StVO) gilt halt nur für die Straße, nicht für's Wasser. Die greift hier nicht.
Und in der Wasser – Schiffahrt's – Ordnung sind Fußgänger auf dem Wasser nicht vorgesehen.
Also kannst Du das nächste mal, wenn Du nachts auf dem Wasser läufst, ruhig die Laterne daheim lassen! ☺

Und plötzlich checkt der triefnasse Petrus im Boot, daß das mit Jesus doch irgendwie anders ist. Und daß der Glaube Berge versetzt. Das müßte doch auch bei Wellenbergen gehen oder so.

Kühnheit des Glaubens durchströmt seine Adern, Mut und Entschlossenheit. Geistliches Adrenalin und Natürliches auch. Der Blutdruck steigt bis zum Anschlag, fast bis in den roten Bereich, FAST!
Aber hören wir das mal im O - Ton der Bibel.

„das Boot aber war schon mitten auf dem See und wurde von den Wellen hart bedrängt, denn der Wind stand ihnen entgegen.
In der vierten Nachtwache (ca. 4 Uhr früh!) *aber kam Jesus auf sie zu, indem er über den See dahinging.*
Als nun die Jünger ihn so auf dem See wandeln sahen, gerieten sie in Bestürzung, weil sie dachten, es sei ein Gespenst, und sie schrien vor Angst laut auf.
Doch Jesus redete sie sogleich mit den Worten an: »Seid getrost: ich bin es; fürchtet euch nicht!«
Da antwortete ihm Petrus: »Herr, wenn du es bist, so laß mich über das Wasser zu dir kommen!«
Er erwiderte: »So komm!« Da stieg Petrus aus dem Boot, ging über das Wasser hin und kam auf Jesus zu.“
Matthäus 14 / 24 – 29

„Alle im gleichen Boot“ - und EINER macht´s anders. Er ergreift die Initiative des Glaubens, er setzt das Wort Jesus in die Praxis um, mutig, er steigt aus dem schlingernden Kahn (war das ja schon eine Meisterleistung), läuft praktisch nicht auf dem Wasser, sondern auf dem Wort Jesu. Und das Wort trägt. Trotz Wellen, trotz Sturm, trotz physikalischer Gesetze hin oder her.
Zumindest solange er auf Jesus und sein Wort fixiert ist.

Ich glaub, den anderen Kameraden im Boot hat´s ganz schön den Vogel raus´ghaut. Denen fiel der Unterkiefer auf die Knie.

„Des gibbds ja ned! Des döff doch ned wohr sei! No sowos!“
(Übersetzt: Das gibt es ja nicht! Das darf doch nicht wahr sein! Nein so etwas!)

Das ist doch der Hammer! Der Petrus – gerade noch der begossene Pudel und jetzt klettert er frech aus dem Boot und läuft auf Jesus zu. So ein Kerl! Was für ein Erlebnis und Abenteuer.

Letztendlich hat er seinen Blick von Jesus ablenken lassen. Die Logik hat ihm ganz schön ins Gesicht geblasen. Plötzlich sieht er nicht mehr Jesus und sein Wort, das ihn trägt, sondern den Wind und die Wellen.

„Wasser hat keine Balken, das hat mir doch schon immer der Opa eingebläut." (= eingetrichtert, ernstlich nahegelegt, vermittelt)
Plötzlich spürt er die nassen Haare im Gesicht, das Jaulen des Windes im Ohr, der Sturm reißt an seinen nassen Klamotten. Jetzt merkt er es – vorher nicht?

„doch als er den Sturmwind wahrnahm, wurde ihm angst, und als er unterzugehen begann, rief er laut: »Herr, hilf mir!« Sogleich streckte Jesus die Hand aus, faßte ihn und sagte zu ihm: »Du Kleingläubiger! Warum hast du gezweifelt?«
Als sie dann in das Boot gestiegen waren, legte sich der Wind. Die Männer im Boot aber warfen sich vor ihm nieder und sagten: »Du bist wahrhaftig Gottes Sohn!"
Matthäus 14 / 30 – 33

Der falsche Fokus, die „natürliche" Wahrnehmung, dieses „des kann doch gar net sein" hat ihm förmlich diese Laufplanke des Wortes Jesu unter den Füßen weggezogen und dann steht er wieder in seinem angelernten, logischen, normalen, alle Welt macht es so – Boden, ääh – Wasser.
Und dann hat Wasser nun mal keine Balken. Das wissen wir alle. War schon immer so. Na also. Logik hat gewonnen.
Tschüß – gluck gluck.
Und Jesus rettet ihn. Zieht ihn raus, stellt ihn wieder auf die Füße bzw. das Wasser. Wieso geht Jesus nicht unter? Der

Wind und die Wellen ärgern doch auch IHN?

Petrus! Was? Schon wieder? Gerade erst abgesoffen und jetzt nochmal probieren?
Ja, aber diesmal an der Hand Jesu. Vielleicht ist Dir beim Lesen aufgefallen, daß nicht drin steht, daß Jesus die Hand von Petrus wieder losgelassen hat. Zum Glück. Beide stehen jetzt auf dem Glauben. Dem Glauben von Jesus. Der hält. Ist stärker als Wasser und Naturgesetze.
Glaube an Jesus hält – 1000 prozentig!

Also wir sehen, das Wort Gottes als Laufplanke ändert den Fokus. Nimmt den Umständen die Kraft, ändert Angst in Kühnheit und Vertrauen. Macht das Unmögliche möglich. Läßt uns aus dem „Natürlichen" ins „Übernatürliche" gehen. Aber nur durch SEIN Wort. Man nennt es auch „Glauben".

In beiden Berichten ist Jesus enttäuscht von seinen Jüngern.
„ Ihr Kleingläubigen"
sagt ER. Die Enttäuschung ist förmlich aus seiner Stimme zu hören.
„ Ihr Kleingläubigen"
Naja, das ist jetzt nicht wirklich ein Lob oder Trost.

„Hey Jesus – das ist jetzt nicht wirklich nett von Dir! Da muß man doch die Gesamtumstände sehen, den Ernst der Stunde und so. Der Sturm ist heute aber auch besonders heftig. Das haben sie schon im Wetterbericht gesagt und der Unwetter – Warndienst auch! Stand in der App: „Nicht auf's Wasser gehen!" Und hast Du die Wellen gesehen? Riesen – Oschis! Also jetzt von „Kleingläubig" zu reden, is´scho a weng hart und unfair – oder?"

Komischerweise läßt Jesus das hier nicht gelten.

Und bleib geschmeidig! ER sagt nicht: „Ihr Ungläubigen". Dann würden sie oder wir ja gar nicht an IHN glauben.

„ Ihr Kleingläubigen"

das meint: wenig Vertrauen in IHN, in SEIN Wort. Den Maßstab der Welt, ihre Logik als höchsten Level zu sehen und danach handeln. Und den Level, den Glauben in Aktion, die übernatürlichen Möglichkeiten als Gläubiger an Jesus außer Acht lassen. Jesus hatte es von ihnen „ERWARTET".

Sie hätten es selbst in die Hand nehmen können, im Namen von Jesus. Im Glauben. Hätten auch ihren Kumpels und Glaubens- bzw. Leidensgenossen helfen können. Die hätten ja auch davon profitiert und gelernt. Aber sie kamen nicht aus ihrer „Logik - Boot" raus.
Und das ist auch oft unser Problem.

Wie oft mußte Jesus leider schon zu mir sagen:
„Günther - Du Kleingläubiger"

Also was ist das Wort Gottes und den Auftrag Jesus an uns? An mich? Was erwartet ER von mir – im Glauben?

> *„Wahrlich, wahrlich ich sage euch:*
> *Wer an mich glaubt,*
> *wird die Werke, die ich tue, auch vollbringen,*
> *ja er wird noch größere als diese vollbringen;*
> *denn ich gehe zum Vater."*
> Johannes 14 / 12 + 13a

Das ist schon krass, was Jesus hier sagt und auch meint. Und auch erwartet, daß wir´s tun!

Tja, Jesus ist halt ein wenig anders, einfach übernatürlich. So einfach natürlich übernatürlich.

Naja – wirst Du Dir jetzt denken. Bin ich Jesus?
Gott sei Dank nicht. Es kann nur EINEN geben. Unnachahmlich, einzigartig, ewig, powervoll, liebevoll, wunderwirkend, erlösend, vergebend, …

Aber halt! Was sagt Jesus?

Wir werden es tun, …

… wenn wir an IHN glauben.

Nicht:
- vielleicht
- manchmal
- ein paar Spezielle
- wenn wir genug Mut gesammelt haben
- alt genug im Glauben sind
- Glaubens – Zertifikate erworben haben

Nein! **„Wer an mich glaubt..."** sagt Jesus. ER setzt das einfach voraus. Echt krass.
Jesus hat nicht den Hauch eines Zweifels, daß wenn wir „wirklich an IHN glauben", es 100%ig tun werden.

Was im Umkehrschluß bedeuten würde, daß wenn wir es nicht tun, wir „nicht wirklich an Jesus glauben" und IHM vertrauen?
Oder ist das jetzt zu scharf oder falsch formuliert?

Wir sollten darüber nachdenken, weil Jesus selbst diese Formulierung öfter verwendet. Denk nochmal an den Missionsbefehl aus Markus 16.
Das ist spannend und herausfordernd.

Und Jesus sagt auch hier: **EINFACH NUR GLAUBEN!**

Es ist überhaupt kein Theologiestudium erforderlich.
Einfach nur glauben.
Keine besondere Berufung oder Gabe.
Einfach nur glauben.
Keine 30 Jahre oder mehr gläubig sein müssen.
Einfach nur glauben.

Nicht mein Wissen, Erfahrung, Gelerntes als höchsten Level und unumstößliche Grenze sehen.

Einfach nur glauben...

… IHM und SEINEM Wort und Heiligem Geist vertrauen
… und TUN.

Hier nochmal zur Klarstellung: Die gerade genannten Punkte sind alle richtig, gut und hilfreich. Es ist super, wenn Du Dein Leben lang mit Jesus gehst, Gott Dir spezielle Gaben und Berufungen schenkt, wenn Du das Wort Gottes studierst – Tag und Nacht.
Aber es sind absolut keine Voraussetzungen dafür, was Jesus sagt. Also versteck Dich bitte nicht dahinter, suche keine Ausreden, auch wenn sie noch so fromm klingen. Sorry.

Mach Dir mal Gedanken, les´ in der Bibel nach und schreib Dir auf, was Jesus gemacht hat.
Das wird ´ne ganz schön lange Liste.
DEINE Liste! DEINE „to do – Liste!

„...*wird die Werke, die ich tue, auch vollbringen, ...*"
Das ist die Challenge, der Nervenkitzel, die Prüfung für Dich (falls Du es willst und annimmst) und mich. Immer wieder auf´s Neue.
Mamma Mia!

Ich will Dir mal helfen, diese Liste anzufangen. Was lesen wir im Neuen Testament – was hat Jesus gemacht – die „Werke"?
Denk nicht zu kompliziert.

Zum Beispiel:

- ER hat gebetet, manchmal ganze Nächte → das ist ein „WERK"

- das Reich Gottes verkündigt
- Gemeinschaft mit den Jüngern gehabt
- Kranken die Hände aufgelegt zur Heilung
- … → ab hier kannst Du selber weitermachen.
  Du mußt ja nicht gleich mit der Speisung der 5000 oder dem Laufen auf dem Wasser weitermachen, aber bitte nicht vergessen! Diese Punkte kommen dann eher zum Ende der Liste – aber sie gehören drauf! ☺

Und dann fang an zu beten und den Heiligen Geist zu bitten, Dir zu helfen es umzusetzen. Dich daran zu erinnern, Dir Ideen zu geben es zu machen, Gelegenheiten, Kühnheit und Glaube an Resultate, weil Du das gemacht hast, was Jesus auch gemacht hat – im einfachem Glauben.

Und als kleiner Trost und Ermutigung:
Die Jünger Jesu in der Bibel hatten auch kein Theologiestudium.
Learning by seeing, hearing and doing – doing by faith!
Das war die Devise. Das war alles.
Lernen durch tun, nachmachen, im Glauben. Genial.
Jesus hatte keine theologische Universität gegründet. ER hat Glauben in Deinem Herz gegründet.
ER hat Dir nicht tausende von theologischen Büchern gegeben, damit Du sie auswendig lernst. ER hat Dir „nur" die Bibel – SEIN Wort gegeben.
Wow – da fällt mir doch gleich ein Stein vom Herzen, oder zwei bis drei.

Eines Tages hat Jesus uns mit einer Herausforderung überrascht. Heute sagt man ja „Challenge", das klingt moderner und cooler. Aber es ist das Selbe. Etwas Ungewöhnliches tun, was man noch nie gemacht hat.

Wir haben ein älteres Haus, dreistöckig, so ca. 1890 gebaut und da gibt es immer einige Sachen zu tun.

So mußte vor Jahren das Dach neu gedeckt werden und um es kurz zu machen, Andra und ich machten es selbst. Wir sparten dadurch ca. 20.000 DM (ca. 10.000 €) und das war für 4 Wochen Arbeit ein super Verdienst.

Also Material besorgt, Gerüst gestellt, erkundigt, auf was wir achten müssen, Wetterbericht gecheckt und auf den richtigen Tag gewartet, um das Dach aufzudecken.

Der richtige Tag ist da! Wetterbericht meldet wolkenlosen Himmel für die nächsten paar Tage, Null Prozent Regenwahrscheinlichkeit. ☺
Das ist unsere Zeit. Danke Jesus – dafür hatten wir gebetet. Eine super Gebetserhörung.
Dank dem Herrn für zuverlässige Wetterberichte. Logisch.

Wir haben ganz früh angefangen, einen Großteil des Daches abgedeckt, die alten Dachlatten runter. Diesen Teil wollten wir neu wieder latten und eindecken. Ein Tageswerk.

Als dieser Teil abgedeckt war und wir gerade mit latten anfangen wollten, begann die „Challenge".
Plötzlich kam ein starker Wind auf, schwarze Wolken erschienen am Horizont und wurden immer schwärzer und bedrohlicher und rasten auf uns zu. Es schien, als ob sie uns verhöhnten. Sie griffen uns an. Attacke!!!
Wir standen in unserem offenen Dach, zwischen den Dachbalken und konnten es kaum fassen.

„Aber der Wetterbericht hatte doch was anderes gesagt. Wir hatten doch für schönes Wetter gebetet. Und schon für das prognostizierte, schöne Wetter gedankt!"
Die schwarze Wolkenwand kam näher, man konnte schon den starken Regen sehen, der niederging. Der ganze Himmel war plötzlich schwarz. Kein bisschen Blau mehr, keine Sonne zu sehen.

Und wir auf unserem offenen Dach.

Andra und ich schauten uns an.
„Wenn dieser Wolkenbruch uns trifft, dann läuft das Wasser oben rein und im Erdgeschoß zur Tür wieder raus."

Erinnere Dich: altes Haus! Holzdecken, drei Stockwerke, jede Etage bewohnt und eingerichtet. Was für ein Desaster.

Eine riesige Abdeckplane raufzuholen und zu spannen – zu spät!
Wir konnten bereits das Rauschen des Regens hören. Und es kam immer näher. Alles schwarz. Die Katastrophe grüßte schon und lachte uns aus. Verhöhnte und verspottete uns.
Na Mahlzeit! ☹

„Jesus – HILFE", wir schrien zum Herrn Jesus.

Hinter den Nachbarfenstern tauchten Köpfe von Nachbarn auf, sie wußten von unserem Vorhaben, wußten, daß wir jetzt auf dem offenen Dach waren und wurden jetzt Zeugen unserer „Sintflut".

> „Ihr habt die Autorität meines Namens!
> Setzt sie ein!
> Befehlt dem Regen zu weichen. Bedroht ihn!
> Bleibt standhaft. Weicht nicht vom Dach!"

Völlig überrascht hörten wir beide Jesus in unseren Gedanken und Herzen reden. Und sofort erinnerten wir uns an Jesus im Boot und Petrus auf dem Wasser.

> *„Da traten sie* (die Jünger) *zu ihm* (Jesus)
> *und weckten ihn mit den Worten:*
> *Meister, Meister, wir gehen unter!*
> (Das kann auch auf dem Dach passieren) ...

... Er (Jesus) *aber stand auf*
und bedrohte den Wind und das Gewoge des Wassers:
da legten sie sich, und es trat Windstille ein."
Lukas 8 / 24

„ Jesus erwiderte: So komm!
Da stieg Petrus aus dem Boot,
ging über das Wasser hin und kam auf Jesus zu;
doch als er den Sturmwind wahrnahm,
wurde ihm angst, und als er unterzugehen begann,
rief er laut: Herr, hilf mir!
Sogleich streckte Jesus die Hand aus,
faßte ihn und sagte zu ihm:
Du Kleingläubiger! Warum hast du gezweifelt?
Als sie dann in das Boot gestiegen waren,
legte sich der Wind.
Die Männer im Boot aber warfen sich vor ihm nieder
und sagten: »Du bist wahrhaftig Gottes Sohn!"
Matthäus 14 / 29 – 32
(erinner` Dich dran, diesen Stelle hatten wir schon!)

Die schwarze Wand kam näher, lachte uns zwei kleinen Gestalten aus. Es schüttete aus Eimern, ach was sage ich – aus Badewannen! Wir sahen die Sturzbäche im Rinnstein der Straße entlang rauschen. Man hätte darauf surfen können.

20 Meter – die Regenwand kam auf uns zu.
Wie ein Vorhang. Wie ein bösartiges Monster, hämisch grinsend, daß uns vom Dach schwemmen wollte.

„In Jesu Namen,
Regen – Du wirst unser Haus nicht berühren.
Wir verbieten es Dir im Namen Jesus!"

Wir streckten unsere Hand gegen die schwarze Wand und bedrohten sie! Jawohl – wir bedrohten sie. Kühnheit, Glaube und Gewißheit durchströmten uns.

„Achtung, Achtung!
Hier LOGIK an Kunsti´s:
Das ist ja lächerlich!
Ich erinner Euch dran, wer hier das Sagen hat.
Ich bin der Boss!"

„Achtung, Achtung!
Hier Kunsti´s an LOGIK:
In Jesu Namen wird es unser Haus nicht berühren.
Wir bedrohen die schwarze Wand im Glauben,
gemäß dem Wort Gottes
und mit der Kraft des Namens Jesu!
Jesus ist der Boss – nicht du!"

„Hier LOGIK an Kunsti´s:
Das bringt gar nichts,
schaut euch die Wassermassen an
und seht den Sturmwind"
(die Bäume bogen sich, die Blätter flogen und das Wasser
floss in Strömen)

„Hier Kunsti´s an LOGIK:
Wir schauen nicht drauf, obwohl wir es sehen.
Wir schauen auf Jesus und sein Wort!
Wir weichen nicht, in Jesu Namen!
schwarze Wand – DU weichst gefälligst,
DU gehorchst dem Namen Jesu!"

10 Meter – Der schwarze Wasserfall kam auf uns zu.
Glaube an die Zuverlässigkeit des Wortes Jesu, die Kraft
SEINES wunderbaren Namens, Freude und Siegesgewißheit
pumpte noch stärker durch unsere Adern, erfüllte unser Herz.

Die entsetzten Gesichter der Nachbarn waren immer noch
hinter den Fenstern.

„Als dann Mose seine Hand über das Meer ausstreckte,
drängte der HERR das Meer
durch einen starken Ostwind
die ganze Nacht hindurch zurück
und legte den Meeresboden trocken,
und die Wasser spalteten sich.
So gingen denn die Israeliten trocknen Fußes
mitten durch das Meer,
während die Wasser ihnen wie eine Wand
zur Rechten und zur Linken standen. "
2.Mose 14 / 21 + 22

Und plötzlich riß die schwarze Wolkenwand kurz vor
unserem Haus auf.

Ich sag Dir, das war wie im Film. Unglaublich, aber wahr.
Steven Spielberg oder James Cameron hätten es nicht
dramatischer und spannender darstellen können.
Fehlte nur die düstere, dramatische Katastrophen – Musik.

Diese tiefschwarze, geschlossene Regenwolke öffnete sich in
letzter Sekunde, teilte sich und zog rechts und links neben
unserem Haus vorbei.
Über uns plötzlich wieder blauer Himmel. Die Grenze
zwischen SCHWARZ und BLAU, wie mit dem Lineal
gezogen. Wie mit einem Messer, herausgeschnitten aus der
schwarzen, bedrohlichen und zerstörerischen Wolkenmasse.
Präzise, chirurgisch perfekt.

Wir waren ja am höchsten Punkt auf dem Dach. Konnten ringsherum alles sehen. 360 Grad Panoramablick. „Circarama – Kino" vom Feinsten.

Rundherum alles schwarz, Weltuntergang, Sintflut! Über uns, ein Fenster zum Himmel. Ein blauer Fleck. Eine blaue Oase. So als ob Jesus besser sehen wollte.

Wir standen immer noch mit ausgestreckter Hand da, wir schauten uns an, erst fassungslos, dann grinsten wir, dann jubelten wir unserem Jesus zu. Ein Siegesschrei hallte über die Dächer unserer Nachbarschaft, über Bamberg.

Die schwarze Wolke war zornig, beleidigt, sie ließ Wasser fallen wie verrückt. Man könnte auch sagen, sie machte sich aus Angst vor dem ausgerufenen Namen Jesus und zwei kleine, aber bedrohende, ausgestreckten Hände auf dem Dach in die Hose. Und wie! In Strömen!

Aber nicht auf unser Haus. Nicht einmal auf unsere Terrasse, unseren Garten. Unser Grundstück. Bei den Nachbarn, alles naß. Regen total.

Bei uns blauer Himmel, alles trocken. Ha – Ha! Teufel. Nix gibt`s! Ätsch – ätsch! Und hinter unserem Grundstück, kurz nach dem Gartenzaun, ging dieses „geöffnete Wolkenauge" wieder zu. Die Wolke war wieder geschlossen, tiefschwarz und zog gedemütigt ihren weiteren Weg und machte sich weiter in die Hose. (Da kommt wahrscheinlich das mit der „Windhose" her – oder nicht?)

Es erinnerte uns sofort daran, wie Mose das Rote Meer geteilt hatte, damit das Volk Gottes trockenen Fußes durchziehen konnte. Und rechts und links war das Wasser. Die Bibelstelle hatten wir gerade.

Das Volk Israel wurde vom Pharao gejagt, er wollte sie wieder versklaven. Er hatte sie an den Rand des Roten Meeres getrieben.

Militärisch, strategisch, logisch – einwandfrei gemacht.

Kein Ausweg mehr, Ergeben oder Ersaufen!

Sklave oder Wasserleiche!

„Highway to Hell"!

Aber er hatte nicht mit Gott gerechnet und SEINEM Mose.

„Strecke Deine Hand aus über das Meer"

sagte Gott zu Mose.

Bei anderen Gelegenheiten sollte Moses seinen STAB ausstrecken. Hier die Hand.

Der Stab ist in der Bibel ein Symbol für Autorität. Die einfache Ausführung von einem Zepter. Aber nicht weniger wirkungsvoll.

Oder die Hand.

Gesagt – getan.

Und das Meer teilte sich. Es entstand ein riesiger Korridor zwischen den beiden Ufern.

Platz für knapp 1 Million Leute. Davon gehen Bibelforscher aus. Das Volk Israel war 400 Jahre in der Sklaverei und hatten sich so stark vermehrt, daß der Pharao Angst hatte, sie könnten die Ägypter überrennen.

Und jetzt zogen sie mit Mann und Maus, Alt und Jung, Handwagen und Fuhrwerken, Müttern mit Kindern an der Hand, Omas und Opas mit ihrem Gehstock, von den Enkeln unterstützt, Schafe, Hühnern und Ziegen, einfach trockenen Fußes, durch diesen gottgeschaffenen Meeres – Korridor.

Für sie wurde es ein „Highway to Salvation"!

Vom Ufer des Todes, der Hoffnungslosigkeit und der Wiederversklavung zum Ufer der Rettung, Hoffnung und dem verheißenen Land.
Made by God.

Was für ein gewaltiges Bild auf die Erlösung durch Jesus, die Wassertaufe und auf unser ewiges Ziel.

Ich kann mir vorstellen, die Fische des Roten Meeres, das Wasser ist ja glasklar und Fische gibt es in Hülle und Fülle und allen Farben und Größen, die hingen mit ihren Nasen an diesen beiden Wasserwänden, rechts und links des Korridors und staunten nicht schlecht.

„Mutter – hol die Kinder. Das müssen sie seh´n. Das glaubt uns die Verwandtschaft niemals, wenn sie am Sonntag zu Besuch kommen. Mach ein Selfie! Das gab es ja noch nie! Was ist da los?"
Bei Gott schon! ☺ ER ist der Gott der Wunder. Der MACHER des UNMÖGLICHEN!
Halleluja – Alle Ehre dem Namen Jesus.
Du kannst die ganze Story im 2. Buch Mose, Kapitel 14 nachlesen. Action pur – mit Happy End!

Happy – End also nur für das Volk Israel und Moses, der Pharao mit seinen Schergen hatte gedacht, er kann sich als ungläubiger, tausend Göttern dienender Herrscher einfach auf die Glaubens – Erfahrung vom Mose draufsetzen und seinen dämonischen, tödlichen Plan ausführen.
Weit gefehlt!
Er fuhr mit Roß und Wagen, Generalstab und Armee, einfach auch auf den „Highway to Salvation", is`ja so einfach. Macht ja nix. Gott ist tot. Man kann IHN ruhig beleidigen. IHN und SEIN ganzes altmodisches Zeug ignorieren, verhöhnen.

Und Mose streckte auf Befehl von Gott seine Hand wieder

über das Meer und die Wasser flossen wieder zusammen, Korridor ade, Pharao ade, mit Mann und Maus, ääh Pferd, tot. Mausetot. Oder heißt das jetzt Pferdetot? Ich weiß nicht genau. Auf jeden Fall wurde er für ihn, den großen Pharao, zum „Highway to Hell".

Wenn man archäologischen Berichten glauben mag, dann hat man an einer Engstelle des Roten Meeres, wo es auch nicht so tief ist, Artefakte von ägyptischen Waffen und Wagen im Meer gefunden. Was machen ägyptische Streitwagen und Waffen mitten im Meer? Das würde bedeuten, daß der biblische Bericht echt ist. Krass oder?

Der perfide Plan war nicht aufgegangen. Der Pharao, der geglaubt hatte, er sei ein Gott, hatte sich mit dem Falschen angelegt. (das denken heute auch noch viele → Vorsicht!)

Naja, eigentlich angelegt mit dem RICHTIGEN und EINZIGEN GOTT!
Dem Gott aller Götter, dem Gott der Bibel.
Wie gesagt - Es kann nur EINEN geben!

Der Pharao hätte es wissen müssen, er hatte ja schon vorher die starke Hand Gottes erlebt, als er durch die 10 Plagen durchmußte und sich vor Gott nicht beugen wollte. Es hatte ihn auch seinen erstgeborenen Sohn gekostet.
Er hatte gedacht, als ägyptischer Gott, sei er stärker als der Gott der Bibel.
Sorry – falsch gedacht.

> *„Die Ägypter aber eilten ihnen nach*
> *und zogen hinter ihnen her, alle Rosse des Pharaos,*
> *seine Wagen und seine Reiter, mitten ins Meer hinein.*
> *Zur Zeit der Morgenwache aber*
> *schaute der HERR in der Feuer- und Wolkensäule*
> *hin auf das Heer der Ägypter*
> *und brachte ihren Zug in Verwirrung;*

er ließ die Räder ihrer Wagen abspringen und machte,
daß sie nur mühsam vorwärts kamen.
Da riefen die Ägypter:
Laßt uns vor den Israeliten fliehen,
denn der HERR streitet für sie gegen die Ägypter!
Da gebot der HERR dem Mose:
Strecke deine Hand über das Meer aus:
damit die Wasser auf die Ägypter,
auf ihre Wagen und ihre Reiter, zurückströmen!
So streckte denn Mose seine Hand über das Meer aus,
da kehrte das Meer bei Tagesanbruch
in sein altes Bett zurück,
während die Ägypter ihm gerade entgegen flohen;
und der HERR stürzte die Ägypter mitten ins Meer hinein.
Denn als die Wasser zurückgeströmt waren,
bedeckten sie die Wagen und die Reiter
der ganzen Heeresmacht des Pharaos,
die hinter ihnen her ins Meer gezogen waren,
so daß auch nicht einer von ihnen am Leben blieb."
2.Mose 14 / 23 – 28

Er hätte mal lieber nicht Gott gespielt, oder sich in dieser Anmaßung gesonnt. Oft hat der Stolz einen hohen Preis.

Das gibt es heute leider auch noch zuhauf.

Die Tage war in unserer Tageszeitung eine Information und Einladung zu einem besonderen „Gottesdienst".
Die Einladung kam von der evangelischen Hochschulgemeinde Bamberg und der CSD – Bamberg.
Zu einem queeren, christlich – jüdischen Gottesdienst.
Das angegebene Motto war, halt Dich fest:

„Gott ist wir, Gott ist queer"

Hast Du noch Worte?
Ich hab dreimal gelesen, ob ich richtig gesehen habe. Hatte ich. (Quelle: Tageszeitung Fränkischer Tag, 17.07.2024)
Oh Jesus! Welch eine Blindheit. Sie haben Gott und Jesus nie wirklich kennengelernt. Sie bezeichnen sich selbst als DEN Gott. „Wir sind Gott". Welch eine Anmaßung und Irrtum. Pharao läßt grüßen.

Oder erinnere Dich an die olympische Eröffnungsfeier am 26.07.2024 in Paris. (Quelle: zahlreiche Medien TV, Internet, Print)
War auch interessant zu sehen, wie sie sich darstellten und selbst sahen. War das ein Spiegelbild der sportlichen Weltgemeinschaft? Welche Botschaft wollten sie vermitteln? Für die einen war es „Kunst", für die anderen „Perversion", „bejubelte, altgriechische Mythen – Performance" oder „Blasphemie", oder sonst was. Man mag es interpretieren wie man will. Darin ist jeder frei. Gott sei Dank. Wir leben in der Kunst- und Meinungsfreiheit. Und deswegen kann ich für meine Person, mit der geistlichen Sicht, die ich habe und glaube, sage nur: „Nachtigall – ick hör dir trapsen".

Übrigens - Teurer Start in die Sommerspiele: Die spektakuläre (! - ??) oder seltsame Olympia-Eröffnungsfeier in Paris hat rund 100 Millionen Euro gekostet. Das geht aus Haushaltsdokumenten des französischen Parlaments hervor, aus denen französische Medien am Donnerstag (24.10.2024) zitierten.
Man muß und kann nur für sie beten, daß sie zur Erkenntnis der Wahrheit kommen und Jesus und den Gott der Bibel sehen können. Und versuchen, ihnen von Jesus zu erzählen. Noch ist Gnadenzeit!

Der Apostel Paulus formuliert es so:

„So spreche ich denn zu allererst die Mahnung aus,
daß man Bitten und Gebete, Fürbitten und Danksagungen
für alle Menschen verrichte,

für Könige und alle obrigkeitlichen Personen,
damit wir ein stilles und ruhiges Leben
in aller Gottseligkeit (rechte Gottesverehrung)
und Ehrbarkeit führen können.
So ist es löblich und wohlgefällig vor Gott, unserm Retter,
dessen Wille es ist,
daß alle Menschen gerettet werden
und zur Erkenntnis der Wahrheit kommen.
Denn es ist (nur) ein Gott,
ebenso auch (nur) ein Mittler
zwischen Gott und den Menschen,
nämlich ein Mensch Christus Jesus,
der sich selbst als Lösegeld für alle dahingegeben hat
das Zeugnis, das zu den festgesetzten Zeiten
verkündigt worden ist."
1.Timotheus 2 / 1 – 6

Ihr Denken und Leben ist wirklich quer. Deswegen beten wir
genau diese Bibelstelle für die o.g. Leutchen in Bamberg und
die Verantwortlichen und Show – Akteure in Paris.

"Wenn trotzdem die von uns verkündigte Heilsbotschaft
»verhüllt« ist, so ist sie doch nur bei denen verhüllt,
welche verlorengehen,
weil in ihnen der Gott dieser Weltzeit (der Teufel, Satan)
das Denkvermögen der Ungläubigen verdunkelt hat,
damit ihnen das helle Licht der Heilsbotschaft
von der Herrlichkeit Christi,
der das Ebenbild Gottes ist,
nicht leuchte.
Denn nicht »uns selbst« verkündigen wir,
sondern Christus Jesus als den Herrn,
uns selbst aber als eure Knechte (Diener)
um Jesu willen."
2.Korinther 4 / 3 – 5

Viele Menschen meinen, sie können wie Pharao oder Andere, sich selbst als Gott definieren und hineininterpretieren wozu sie gerade Lust und Laune haben. Und es auch noch als „Gottesdienst" deklarieren und bejubeln. Naja.
„Highway to Hell!" - früher oder später.

Aber es gibt Hoffnung! Und die heißt

JESUS CHRISTUS! Der Sohn Gottes! Der Retter!

Es ist besser und sicherer, Du stehst auf der richtigen Seite.
Kennst Jesus und Gott, so wie in der Bibel beschrieben.
Stehst entweder auf der Siegerseite mit Jesus oder der Verliererseite des Teufels. Leben oder Tod. Segen oder Fluch. Welt oder Reich Gottes. Ewiges Leben mit Jesus oder ewiges Leben in der Verdammnis.
Du hast es in der Hand, die Entscheidung liegt bei Dir.
Ich komm noch drauf – hab Geduld.

Aber zurück zu unserem Dach. Da standen wir ja immer noch.
Wir hatten auf dem Dach, wie Moses, unsere Hand im Glauben gegen die Gefahr ausgestreckt.
Einen Wanderstab oder Zepter hatten wir grade nicht dabei, vielleicht Stichsäge oder Hammer, aber die Hand tat es auch, weil wir den Namen Jesus hatten.

Das ist kein Ammenmärchen, keine „Gute Nacht Geschichte", sondern die Wahrheit, nichts als die Wahrheit. Und die Nachbarn wurden unsere Zeugen.

Sie kamen raus und fragten ungläubig, was **„das"** denn gerade war. Sie hätten alles gesehen. Unglaublich!

Wir erklärten es ihnen, verkündigten ihnen Jesus und luden sie ein, Jesus ihr Leben zu geben, was sie leider (noch) nicht taten. Aber sie hatten ein Wunder Gottes gesehen, erlebt und hatten die Erklärung dafür bekommen. Sie haben keine Ausrede mehr.

„Denn was man von Gott erkennen kann,
das ist unter ihnen wohlbekannt;
Gott selbst hat es ihnen ja kundgetan.
Sein unsichtbares Wesen läßt sich ja doch
seit Erschaffung der Welt an seinen Werken
mit dem geistigen Auge deutlich ersehen,
nämlich seine ewige Macht und göttliche Größe.
Daher gibt es keine Entschuldigung für sie.“
Römer 1 / 19 + 20

Der Mensch, jeder Mensch, und damit auch DU, weil Du ja auch ein Mensch bist, kannst Gott wahrnehmen, SEINE Existenz erkennen → an SEINEN Werken. Das heißt, an dem was ER gemacht hat, (zum Beispiel die Schöpfung) und was ER immer noch in seiner übernatürlichen Kraft tut.
Die Schöpfung ist nicht Gott. Der Baum oder die Natur, die Sonne oder irgendwas ist nicht Gott.

ER hat dies alles erschaffen, es ist SEIN „handgemacht, handmade; MADE IN HEAVEN,“ an dem wir SEINE Größe, Allmacht und Wundertätigkeit erkennen.Letztlich IHN selbst, den

GOTT DER BIBEL !

Und die Nachbarn sagten zu uns: „ Wenn ihr wieder mal was Größeres am Haus macht, sagt uns Bescheid, dann machen wir bei uns auch bestimmte Arbeiten, weil dann wissen wir, es wird trocken bleiben.“
Das haben wir nie gemacht, weil sie nicht unter diesem „Stab des Namens Jesu“ standen oder stehen wollten. Wir wollten sie nicht verleiten, ins Desaster zu rennen.

Immer wenn wir noch heute über dieses Abenteuer des

Glaubens sprechen, Andra und ich, oder auch mit anderen, erscheint es uns unwirklich. ABER WIR HABEN ES ERLEBT.
Wir waren leibhaftig, live und in Farbe dabei!
Auf dem Dach.

Und es hat uns beide total ermutigt, mehr über
- die Autorität des Glaubens,
- des Namens Jesu
- und seine praktische Umsetzung
in der Bibel zu forschen, zu entdecken, uns zu eigen zu machen, es einzusetzen und gewaltige Dinge zu erleben.

Jesus hatte mir gezeigt, daß ich darüber ein Buch schreiben solle. Und ich habe es geschrieben.

„Mit Jesus auf Streife"

Mehr darüber zum Schluß dieses Buches.

Highway to Hell

Ich komme jetzt nochmal zurück auf die Sache mit Pharao.
Dem „Highway to Hell" und dem „Highway to Salvation".

Im Grunde genommen ist der „Highway to Salvation", auf
deutsch: „die Autobahn zur Errettung", gar kein „Highway",
sondern ist ein schmaler Weg. Aber der Einzige zum Leben.
(„Highway to Salvation" ist ein literarisches Wortspiel meinerseits)

Die Bibel sagt, es gibt nur diese beiden Wege.

> *„Geht* (in das Reich Gottes) *durch die enge Pforte ein;*
> *denn weit ist die Pforte und breit der Weg,*
> *der ins Verderben führt,*
> *und es sind ihrer viele, die auf ihm hineingehen.*
> *Eng ist dagegen die Pforte und schmal der Weg,*
> *der ins Leben führt,*
> *und nur wenige sind es, die ihn finden."*
> Matthäus 7 / 13 + 14

Der breite, einfachere Weg, auf dem die Masse unterwegs ist,
heute würde man sagen, der „Main – Stream", wo man alles
tun und lassen, glauben, sagen und leben kann, was und wie
man will. Richtig oder Falsch. Ohne Beschilderung, ohne
Leitplanken, überall blinkende Leuchtreklamen, man fährt
oder geht Kreuz und Quer oder Queer, egal. Ja klar, das kann
man, wir leben in einem freien Land mit garantierten
Grundrechten. Wie schon der alte Fritz sagte: „Des Menschen
Wille ist sein Himmelreich".

Wer bremst – verliert. Das Leben ist kurz.

„Ich will Spaß – ich will Spaß, ich geb Gas – ich geb Gas."
Das war mal der Refrain eines Songs, von einem Sänger

Markus, aus dem Jahr 1982. Neue Deutsche Welle. Hatte er nicht selbst komponiert, nur gesungen. Aber es traf den Zeitgeist. Und war zwei Monate später auf Platz 1 der Deutschen Single Charts.

Spaß – koste es was es wolle, ohne Rücksicht auf Andere. Das war der Inhalt.

„Highway to Hell" von AC/DC aus dem Jahre 1979 ist heute leider noch immer ein „Renner" oder neudeutsch „Burner". Auf fast jeder Party, Event oder sonstigen „Feier" wird es gespielt und die Leute fahren voll drauf ab und gehen mit.

Der Text spricht für sich bzw. für den Teufel! Es kommt direkt aus der Werbeabteilung Satans. Bunt, Hochglanz, laut, man merkt sich den Refrain und die Melodie.

Und spricht genau über den Weg, der in die Hölle führt. Ein Weg ohne Grenzen, ohne Tempolimit, keine Fragen … und der „Highway to Hell" wird im Refrain gefeiert, als das verheißene Land bejubelt, wo meine Freunde auch schon alle da sind.

Wenn dich das interessiert, was die Jungs von AC/DC da von sich geben, welche Botschaft sie millionenfach in die Welt hinaus posaunen, dann schau doch mal im Internet nach. Da kannst Du Dir den Text auch gleich übersetzen lassen, wenn Du willst. Ich will den Text hier nicht wiedergeben ☹

Und es gibt den schmalen Weg, wo weniger Leute unterwegs sind und die Leitplanken das Wort Gottes sind.

Der Mensch wurde von Gott geschaffen, damit wir Gemeinschaft mit IHM haben und wir ewig leben. Mit IHM. Mit SEINER Liebe und Fürsorge, wie ein perfekter Vater mit seinen Kindern.

Aber der Mensch ließ sich vom Teufel anlügen und glaubte ihm, dem Mister Dunkel.

„Du brauchst doch Gott nicht! Die alte Spaßbremse! Der gönnt Dir ja nix. Und überhaupt, wenn Du Dich richtig abkoppelst, dann bist Du doch eigentlich selber Gott. Du entscheidest, was richtig und falsch ist, gut oder böse. Also immer diese erdrückenden Vorschriften – mach Dich frei davon! Lebe wie Du willst!"

Der Mensch hörte auf diesen Rat, obwohl Gott ihn davor gewarnt hatte und das Desaster begann.
Plötzlich hatte der Mensch diese Sünde am Backen, im Herz, im Geist. Und bekam sie von selbst nicht mehr los.
Das ist wie eine unheilbare Krankheit, die zum Tod führt, ein resistenter Keim in Dir, der Dir auf Dauer das Leben nimmt.

Wie der Hundehaufen, in den Du getreten bist und jetzt nicht mehr vom Schuh kriegst. Egal was Du machst – es stinkt. Auch wenn der Schuh noch so teuer und elegant ist. Du kannst noch so viel Parfum draufsprühen oder schütten.– es stinkt trotzdem.
Du kannst es ignorieren, leugnen, nicht wahrhaben wollen, kleinreden, verfluchen oder sonst was probieren, → es stinkt. Sünde ist Sünde und dagegen gibt es nur ein Mittel. Aber solang ich oder Du dieses Mittel nicht in Anspruch nehme, bleibt sie, die Sünde, mir am Backen, im Leben, Geist – am Schuh.

Der Blick des Menschen für Gott, SEINE Liebe und Vergebung, SEINE Zukunft mit Dir und mir, all das Gute und Gesegnete, man kann es nicht mehr sehen.
Der Teufel hat Deine Windschutzscheibe total verdreckt.
(sehr schönes Beispiel – hab ich mal in einer Predigt gesehen)
Und Dein Lebens – Navi gehackt und manipuliert.
Man hört und sieht nix mehr von diesem Gott und Jesus.

Du denkst, Du hast die Kontrolle und den Durchblick.

Man donnert diesen „Highway to Hell" entlang, ohne zu wissen, daß am Ende keine Halli – Galli – Party – Rastanlage ist, sondern es einfach am Rande des Abgrundes aufhört und jeder für ewig in diesem Abgrund verschwindet. Und das Dumme dran ist, Du weißt nicht, wann es abrupt aufhört. Da ist keine Party – Location mehr. Die Bibel beschreibt das Ende des Highways als „Hölle".

Und das wird es dann auch: die Hölle.
Auch dieser Begriff ist heute in unserem allgemeinen Sprachgebrauch weit verbreitet.
„Das war die Hölle" oder „wir gingen durch die Hölle" sind zum Beispiel solche Formulierungen, die Du wahrscheinlich auch schon gehört hast. Damit versucht man etwas zu erklären oder vermitteln, was ein erschreckendes, fürchterliches, tief nachwirkendes Erlebnis oder Empfinden beschreibt, daß man freiwillig nicht nochmal erleben will.
Obwohl derjenige vielleicht gar nicht an eine Hölle glaubt, geschweige denn sich vorstellen kann, was es genau ist und wie es da zugeht.

Ein Ort, wo Du und ich mit Sicherheit nicht sein wollen!

Du hast leider Deinem eigenen Lebens – Navi und anderen Stimmen vertraut, und keiner hat von einem Abgrund gesprochen. Muß wohl stimmen. Die Masse hat Recht. Bestimmt, was richtig und falsch ist.

Stimmt nicht!
Es gibt eine Stimme, die was anderes sagt.
Jemanden, der definiert hat, was RICHTIG oder FALSCH ist.
Jemand, der das ewige Recht hat, es zu definieren.
Für immer und ewig.
Ob wir es hören wollen oder nicht, glauben oder nicht. Es steht einfach da. Schon immer. Für immer.

Und das ist die Stimme Gottes. „ the Navi from Heaven".
ER ruft Dich und mich.
„Achtung – Abgrund! Ende des Highways! Routen – Neuberechnung! Verlaß den Highway! Nimm die Ausfahrt."

Gott hat eine Ausfahrt von diesem „Highway to Hell" geschaffen. Und die heißt JESUS:
Nicht alle Wege führen nach Rom und nicht alle oder viele in den Himmel. Nur Einer! Und der heißt, wie gesagt, JESUS.

> „Wir kommen **nicht alle**, alle in den Himmel,
> weil wir so brav sind"!

Das gaukelt uns ein alter Karnevals – Schlager vor.
Lüge pur, Täuschung par excellence, direkt aus der Werbeabteilung der Hölle, der Teufel als Songwriter.

Diese „Ausfahrt Jesus" ist total genial. Es ist praktisch eine unsichtbare, mobile Ausfahrt, die auftaucht, wenn Du danach rufst. Sie ist jederzeit da, sie fährt praktisch dauernd neben Dir her, aber Du siehst sie noch nicht.
Vielleicht ahnst Du was oder sehnst Dich danach, von dieser höllischen Autobahn runterzukommen.

> *„Ein Psalm von David.*
> *HERR, ich rufe dich,*
> *eile mir zu Hilfe!*
> *Vernimm meine Stimme, wenn ich zu dir rufe!"*
> Psalm 141 / 1

> *„Wisst wohl:*
> *der Arm des HERRN ist nicht zu kurz,*
> *daß er nicht helfen (retten) könnte,*
> *und sein Ohr ist nicht so taub, daß er nicht hörte;"*
> Jesaja 59 / 1

„denn jeder,
der den Namen des Herrn anruft,
wird gerettet werden."
Römer 10 / 13

Schwupps – is sie da die Ausfahrt. Wie aus dem Nichts.
Is Jesus da und bietet Dir die Ausfahrt an.
Jesus hört sofort, wenn Du IHN rufst, um von diesem verdammten „Highway to Hell" runterzukommen.

Du mußt nicht ewig mit der Erkenntnis, daß Du runter mußt, weiterfahren, mit der Angst, in den Abgrund zu stürzen, weil Du nicht weißt, wann der Abgrund kommt. Einfach stehen bleiben geht auch nicht, es gibt keinen Standstreifen und die hinter Dir hupen, schimpfen und fluchen und schieben Dich einfach weiter.
„Höher – schneller – weiter → das Leben ist doch heiter!"

Gott sah, wie der Mensch durch seine Sünde mit Karacho in den Abgrund rauschte, ohne einen Ausweg / Ausfahrt.
Und deswegen sandte ER seinen Sohn Jesus.
Aus dem himmlischen Reich in die natürliche Welt.
Aus der Vollkommenheit Gottes in die Unvollkommenheit des Menschen.
Aus der Klarheit in die Vernebelung der Menschen.
Aus einer perfekten Umgebung in eine Unperfekte.
Aus der Ewigkeit in eine zeitliche, vergängliche Welt.
Aus dem Friedensreich Gottes auf einen völlig chaotischen, mörderischen „Highway to Hell".
Aus der Quelle und Vollkommenheit des Lebens in eine Welt des Todes.
Es muß für IHN fürchterlich gewesen sein, aber ER hat es wegen DIR und MIR auf sich genommen, ertragen und bis zum eigenen Tod durchgehalten. FÜR UNS!

Jesus tauchte ein in die verwirrte, gefallene Welt, um einen

Weg, eine Ausfahrt daraus zu schaffen.

ER tauchte ein in eine verlorene, sterbende Welt, um einen Weg der Errettung, Erlösung und des Lebens zu bahnen.

Er bezahlte das Lösegeld, den Lohn der Sünde, damit wir frei sein und ewig leben können.

ER, der Sohn Gottes, wurde zum Menschensohn, damit wir Gott wieder verstehen und kennenlernen konnten.

Gott hat sich voll ins Zeug gelegt für Dich und mich, jeden Menschen. Das Beste, Liebste, Wertvollste geopfert und investiert, damit diese Ausfahrt möglich wurde.

Damit das grundsätzliche Problem des Menschen gelöst werden könnte für jeden, der sich auf Jesus einläßt und ihm vertraut.

ER, Jesus, begegnet uns auf diesem „Highway to Hell", um eine klare Ansage zu machen.

Jesus war auf diesem "Highway to Hell" unterwegs, ER kennt jedes Schlagloch, jede Kurve, jedes Werbeschild - einfach ALLES. Wir können IHM nix vormachen.

ER ist sogar den Abgrund runter, obwohl ER wußte, daß er kommt. ER hätte es nicht gemußt, aber ER tat es für uns - für mich - für Dich.

Er nahm dieses "Selbstmordkommando" auf sich.

„Jesus antwortete ihm:
Ich bin der Weg,
(Way to Salvation)
die Wahrheit und das Leben,
niemand kommt zum Vater, außer durch mich. "
Johannes 14 / 6

„Alles, was der Vater mir gibt,
wird zu mir kommen,
und wer zu mir kommt,
den werde ich nimmer hinausstoßen."
Johannes 6 / 37

GOTT machte sich verständlich, in unserer Sprache, mit unseren Mitteln, auf unsere Wahrnehmung fokussiert.
Und ER war sehr gut darin.
ER hat es geschafft!

„Denn so sehr hat Gott die Welt geliebt,
daß er seinen eingeborenen (einzigen) Sohn hingegeben hat,
damit alle, die an ihn glauben,
nicht verloren gehen,
sondern ewiges Leben haben.
Denn Gott hat seinen Sohn nicht dazu in die Welt gesandt,
daß er die Welt richte,
sondern daß die Welt durch ihn gerettet werde.
Wer an ihn (Jesus) *glaubt, wird nicht gerichtet;*
wer nicht an ihn glaubt, ist schon gerichtet,
weil er nicht an den Namen
des eingeborenen (einzigen) Sohnes Gottes geglaubt hat."
Johannes 3 / 16 - 18

„Denn eben deshalb,
weil er (Jesus) *selbst Versuchung erlitten hat,*
vermag er denen zu helfen, die versucht werden."
Hebräer 2 / 18

„Solche Gesinnung wohne in euch allen,
wie sie auch in Christus Jesus vorhanden war;
denn obgleich er Gottes Gestalt (Wesensart) besaß,...

... sah er doch das Gleichsein mit Gott
nicht als einen gewaltsam festzuhaltenden Raub
(unveräußerlichen, kostbaren Besitz) an;
nein, er entäußerte sich selbst (seiner Herrlichkeit),
indem er Knechtsgestalt annahm,
ganz in menschliches Wesen einging
und in seiner leiblichen Beschaffenheit
als ein Mensch erfunden wurde;
er erniedrigte sich selbst
und wurde gehorsam bis zum Tode,
ja, bis zum Tode am Kreuz.
Daher hat Gott ihn auch über die Maßen erhöht
und ihm den Namen verliehen,
der jedem anderen Namen überlegen ist,
damit im Namen Jesus
sich jedes Knie aller derer beuge,
die im Himmel und auf der Erde und unter der Erde sind,
und jede Zunge bekenne,
daß Jesus Christus der Herr ist,
zur Ehre Gottes, des Vaters. "
Philipper 2 / 5 – 11

Wow – was für eine Beschreibung der „Rettungs - Mission ", der „Mission Mensch werden, damit wir wieder verstehen und gerettet werden können"!!!!

Jesus kam nicht als Superman, nicht als Imperator und Feldherr, nicht als Diktator, Despot, weltlicher König oder sonst eine Führungspersönlickeit.

ER kam als einfacher Mensch. Geboren in einem Stall, wo normalerweise auch die Knechte lebten, ER hat ganz tief angefangen, hat nie auf dicke Hose gemacht, wuchs unscheinbar heran, bis ER mit circa 30 Jahren öffentlich auftrat und SEINE Rettungs – Botschaft verkündigte und zeigte. Durch SEIN Sterben am Kreuz und SEINE

Auferstehung hat ER die Tür für eine Ewigkeit mit Gott ganz weit aufgestoßen,

Hast Du Dir schon jemals die Frage gestellt, wo Du die Ewigkeit verbringen wirst?
Die gibt es nämlich wirklich. Mit unseren paar Jährchen hier auf der Erde ist nicht alles aus. Einfach weg. In Atome aufgelöst. Im Nirwana verschwunden oder sonst was.

Nicht einfach den Kopf in den Sand stecken und dann ist das Problem oder die Frage weg. Wird schon an mir vorüber gehen, nix passieren. NEIN!
Soll ich Dir was sagen? Auch mit dem Kopf im Sand wirst Du genau damit konfrontiert. Wir haben es gerade erst gelesen. Schon vergessen?
Kleine Hilfestellung:

„damit im Namen Jesus
sich jedes Knie aller derer beuge,
die im Himmel und auf der Erde
und unter der Erde sind,
(Kopf in den Sand gesteckt = unter der Erde?)
und jede Zunge bekenne,
daß Jesus Christus der Herr ist,
zur Ehre Gottes, des Vaters. "

Tja, das Wort Gottes denkt halt an alles. Jetzt kann man nicht mal mehr den Kopf in den Sand stecken → Jesus ist da auch!
Zum Glück! Denn sonst würden wir der Frage vielleicht ausweichen oder überhören und die Sandflöhe fressen unseren Kopf auf.

Und das ist die finale Frage des Menschen und der Menschheit schlechthin.

WO wirst Du die Ewigkeit verbringen?

Genau! – WO?

Ich mußte mal einen Unfall aufnehmen. Es gehörte, claro, zu meinen Aufgaben als Gendarm.

Ein junger Motorradfahrer fuhr frontal in einen Pkw. Sein „Highway" wäre fast schon zu Ende gewesen.

Er überlebte es „wie durch ein Wunder". Der Schutzengel war da gewesen. Er hatte nochmal ne Chance.

Er lag im Krankenhaus, hatte Prellungen und ein geschwollenes Knie wie ein Fußball, sonst nichts. Motorrad und Auto Totalschaden.

Und im Krankenhaus, nach der Unfallaufnahme, stellte ich ihm diese Frage.

„Wo wärst Du jetzt, wenn Du gestorben wärst?"

Er wurde etwas unsicher und versuchte erstmal die Thematik etwas herunterzuspielen und auf „cool" zu machen. Ich ließ aber nicht locker und fragte immer wieder, ob er Gott kennen würde und wie er zu IHM stünde. Ob er wirklich wisse, wo er sein würde, wenn er stirbt.

Er erzählte mir dann ehrlich, daß er schon irgendwie an Gott da oben glaube, ja auch als Baby getauft worden war und daß er hoffen würde, daß das für den Himmel reichen würde. Immerhin hatte der Pfarrer es ihm so gesagt und versprochen.

Er lag da vor mir im Krankenhausbett, das Knie dick geschwollen und blau, er tat mir so leid. Der Bursche hatte keine Ahnung von der Ewigkeit, hatte keine wirkliche Beziehung zu Gott und hoffte trotzdem, daß es reichen würde?

Ach ja, ich bot ihm an, für übernatürliche Heilung zu beten, weil die Ärzte ihm schon wegen dem Knie einen längeren

Aufenthalt im Krankenhaus angekündigt hatten.

Er stimmte zu und ich legte meine Hand auf das geschwollene Knie und befahl im Namen Jesus:

„Schwellung geh weg,
Knie sei geheilt – im Namen Jesus
und Jesus ich bitte DICH,
daß er nach 2 – 3 Tagen heim kann"

Ein Gebet entgegen der ärztlichen Prognose und Jesus hatte es erhört.

Der Motorradfahrer erzählte mir am nächsten Morgen am Telefon, daß die Schwellung vom Knie komplett weg war, auch die Blaufärbung der Haut. Alles normal.
Die Ärzte waren bei der Morgenvisite total überrascht, konnten es sich nicht erklären, aber es war nu mal alles wieder in Ordnung, und sie ordneten für den nächsten Tag seine Entlassung nach Hause an.
Is´ Jesus nicht KLASSE?

Aber zurück zu dem Gespräch am Krankenbett.
Mamma mia! Hatte es ihm denn wirklich keiner gesagt?

Daß die Babytaufe mit dem „in-den-Himmel-kommen" nix zu tun hat, aber auch sowas von gar nix?
(Die schwarze Werbeabteilung läßt grüßen!)

Weiß er denn nicht…

… daß nur eine Beziehung zu Jesus die Eintrittskarte ist?
… daß man an Jesus nicht vorbeikommt?
… daß Jesus ihn unendlich liebt und für ihn gestorben war?
… daß Jesus auf eine Reaktion, eine Einladung wartet?
… daß es nur funktioniert, wenn man Jesus in sein Leben aufnimmt und um Vergebung bittet?

... daß man mit Jesus leben kann und auch sollte?

Ich überlegte wie ich es ihm am Besten verdeutlichen konnte und betete im Stillen um eine Idee.
Und die kam!
Ich hatte hier einen frisch Verletzten, der vom Notarzt versorgt und ins Krankenhaus eingeliefert worden war. Er hatte nochmal „Glück" (?) (!) gehabt.

Und so erklärte ich es ihm auf meine Art.
„Weißt Du, als Du den Unfall hattest und nun da lagst, hat es Dir was genützt, daß Du wußtest, es gibt den Notarzt? Nein. Dieses Wissen, selbst wenn es 1000%ig ist, bringt Dir gar nix. Du wirst verbluten und sterben.

Ja, es gibt einen Notarzt, einen der super - gut ausgebildet ist. Der Tag und Nacht bereit ist, zum Einsatz zu kommen. Der alles Mögliche tun wird, um Dir zu helfen. Der selbst sein Leben auf´s Spiel setzt, um Deines zu retten.
Es genügt nicht zu wissen, daß es einen Notarzt gibt. Er kommt nicht von alleine, er muß gerufen werden.
Er weiß auch, daß Unfälle passieren, aber er kommt nur wenn er benötigt wird.

Ist Dir schon mal aufgefallen, daß Notärzte keine Streife fahren, so nach dem Motto: „Schau mer mal, ob wir irgendwo einen Schwerverletzten rumliegen sehn, dem wir irgendwie ein Pflaster verpassen können" oder „Naja - dann verletzen wir halt selbst einen, damit wir ihn verarzten können und gut dastehen."
Hey, das gibt es nicht.

Jesus wartet auf eine Einladung von Dir. ER steht bereit, um Dich zu retten, befreien, wiederherzustellen. Aber ER wartet auf Deine eigene, willentliche Entscheidung! Willst Du Jesus einladen? Willst Du Ihm Dein Leben anvertrauen und übergeben? Willst Du ihm vertrauen?

Willst Du die Ausfahrt JESUS nehmen"

Dieses Beispiel und diese Fragen hatte er verstanden. Das traf voll seine Situation. Ich sagte ihm noch, was die Bibel dazu sagt.

„und rufe mich an am Tage der Not,
so will ich dich retten,
und du sollst mich preisen!"
Psalm 50 / 15

Irgendwie kommt man im Leben ohne diese Bibelstelle nicht weiter.
Andere Bibelstellen verdeutlichen es noch folgendermaßen:

„Denn der Menschensohn (Jesus) ist gekommen,
das Verlorene zu suchen und zu retten."
Lukas 19 / 10

„allen aber, die ihn annahmen, (Jesus)
(in ihrem Leben, unter SEINE Regie stellen),
verlieh er das Anrecht,
(Macht, Autorität)
Kinder Gottes zu werden,
nämlich denen, die an seinen Namen glauben."
Johannes 1 / 12

Und so beteten wir gemeinsam und er gab Jesus sein Leben, bat um Vergebung seiner Sünde und empfing dort im Krankenbett, seine Errettung und seine Neue Geburt.
Jetzt konnte er freudestrahlend die Frage nach der Ewigkeit beantworten, weil durch den Heiligen Geist Gewißheit in seinen Geist und Herz gekommen war.
Halleluja!!!!

Du hast bis hierher gelesen und Du denkst Dir vielleicht: Das gibt`s doch nicht! So was hab ich noch nie gehört oder gesehen. Ich kenn` Gott oder Jesus nur aus dem Religionsunterricht und da war es langweilig. Meine Oma hat mir was davon erzählt, aber das war auch nicht wirklich prickelnd. Ich mußte als Kind mit in die Kirche, es war total nervig. Dieser Jesus und das ganze Glaubenszeug ist doch lebensfremd, falsch, antiquiert und eine ziemliche Heuchelei.

Du magst damit ja teilweise recht haben, weil **Du** vielleicht tiefgreifende negative Erfahrungen in der Vergangenheit gemacht hast.

Wenn Du im Namen Gottes oder im Namen Jesus enttäuscht worden bist, von Menschen, die dir von der Liebe und dem Errettungsangebot erzählen sollten, Dich aber stattdessen seelisch, körperlich oder geistlich mißbraucht haben, dann tut mir das total leid für Dich. Ehrlich.

Da kann Gott aber nichts dafür!
ER wird dich niemals enttäuschen oder mißbrauchen. Das haben Menschen mit Dir getan, die sich von Satan lenken lassen, die selbst in dämonischer Abhängigkeit stecken. Es ist mir egal wie sie heißen, welche kirchliche Position sie haben oder hatten und welcher Konfession sie angehören. Es war abgrundtiefe Sünde, die dazu geführt hat, daß Du fehlinformiert wurdest, abstoßende Beispiele gesehen und erlebt hast und Du von Jesus nix mehr wissen willst. Sie haben Dir die Tür zur Ewigkeit zugeschlagen, statt aufzumachen.
Das ist die Handschrift von Mr. Abscheulich – dem Teufel!

Und ich entschuldige mich an der Stelle bei Dir für alle, die Dir ein schlechtes Beispiel gaben, Dich von Gott und seinem Sohn Jesus wegbrachten, statt Dich zu Jesus zu bringen. Dich angelogen haben, bewußt oder selber belogen worden waren, Dich in die Irre, Unglauben, Ablehnung, Rebellion,

Verwirrung und „falsche Sicherheit" gebracht haben.

Weißt Du, was Jesus über diese Leute, diese „Wegbringer" sagt?

„Es wäre besser für ihn,
wenn ihm ein Mühlstein um den Hals gelegt
und er ins Meer geworfen wäre,
als daß er für einen von diesen geringen Leuten
zum Ärgernis wird. "
Lukas 17 / 2

Das bezieht sich auf Männer und Frauen gleichermaßen,
die schuldig an Dir werden
und Du deswegen Jesus nicht oder falsch kennenlernst

Jesus, der Sohn Gottes, lebt und ER liebt Dich und streckt Dir SEINE Hand entgegen. ER will Dich retten und Dir Deine Sünde vergeben. Die Sünde ist nicht primär das, was Du getan oder nicht getan hast, es ist die Sünde, nicht an den Namen Jesus zu glauben.
(Johannesevangelium Kapitel 16, Vers 9, da steht's, falls Du nachlesen willst.)
Und das steht zwischen Gott und Dir und verhindert, daß Du eines Tages in den Himmel kommst.

Es genügt nicht, von Jesus gehört zu haben und dann wird ER schon machen. Jesus wartet auf Deine Einladung, damit ER Dich retten kann. (Denk an den Notarzt)
ER will Dir so schnell wie Du es erlaubst, die Ausfahrt vor die Füße legen. Alles Notwendige dazu steht schon bereit. Vielleicht hat Dir das so noch nie jemand gesagt. Jesus hat am Kreuz die Erlösung, die Vergebung der (Deiner) Sünden und eine komplette Wiederherstellung mit seinem Blut und Leben erkauft. Du musst es nur noch für Dich in Anspruch nehmen. Bewußt „Ja" sagen und glauben. That's it!

Das Blut Jesu ist das einzige, wirksame "Mittel", um die stinkende Sünde wieder loszuwerden. Das Einzige.

Das Blut Jesu. Für Dich und mich.

Es wird kein Gras drüber wachsen, auch die Zeit, die vergeht, wird nix ändern. Sünde kann nur ausgelöscht werden durch das BLUT JESU und durch NIX anderes.

> *„...dadurch, daß er den durch seine Satzungen*
> *gegen uns lautenden Schuldschein,*
> *der für unser Heil ein Hindernis bildete,*
> *ausgelöscht und ihn weggeschafft hat,*
> *indem er ihn ans Kreuz heftete."*
> Kolosser 2 / 14

> *„Wenn wir aber im Licht wandeln, wie er im Licht ist,*
> *so haben wir Gemeinschaft miteinander,*
> *und das **Blut** seines Sohnes Jesus*
> *macht uns von aller **Sünde** rein."*

> *„wenn wir (aber) unsere Sünden bekennen,*
> *so ist er treu und gerecht,*
> *daß er uns die Sünden vergibt*
> *und uns von aller Ungerechtigkeit reinigt."*
> 1.Johannes 1 / 7 + 9

**Lade Jesus ein,
in Dein Leben zu kommen,
IHN kennenzulernen
und Dein Herr zu sein.**

Du wirst sehen, Jesus ist anders als man Dir vielleicht gesagt hat.

Ein Leben ohne Jesus ist langweilig, sinnlos, ohne Zukunft. Menschen ohne Jesus haben keine Vorstellung, welche Freiheit, Frieden, Freude, Begeisterung, Kraft und Spannung das Leben hier auf der Erde haben kann. Und darüber hinaus noch ein Leben in Ewigkeit mit Jesus.

Wo wirst Du die Ewigkeit verbringen?

Was ist, wenn doch was dran ist mit dem Leben nach dem Tod? Auf diese existenziellen Fragen des Lebens solltest Du eine Antwort haben oder bekommen. So wie der Motorradfahrer.

Wir sorgen in unserem alltäglichen Leben für alles Mögliche oder Unmögliche vor. Aber viele versäumen für die Ewigkeit vorzusorgen bei dem, der dafür zuständig ist. Jesus!

ER ist im wörtlichsten Sinne unsere „Lebensversicherung", und ER garantiert mit SEINEM Wort dafür, wenn wir IHN annehmen und nicht wieder loslassen.

Jesus ist die Antwort Gottes auf unser Verlorensein. Und eines Tages kommst Du an dieser Entscheidung nicht vorbei. Spätestens, wenn Du vor IHM stehst, aber dann ist es zu spät, eine Entscheidung zu treffen. Da muß schon alles in trockenen Tüchern sein. Deswegen nützen auch Gebete für Verstorbene nix mehr. Es ist vorbei. Sorry! †

Entweder Du kanntest Jesus und hast IHN in Dein Leben aufgenommen und mit IHM gelebt oder nicht.

Es gibt keine nachträgliche Möglichkeit. Kein zweites Leben mit Reinkarnation und so. Wer Dir das weismacht, lügt Dich eiskalt an oder weiß es selbst nicht besser.

Entscheide Dich jetzt, hier und heute, mit Jesus zu leben und Jesus Dein Leben zu geben. Warte nicht auf einen späteren oder besseren Zeitpunkt. Es gibt keinen. Es zählt das JETZT, denn es kann ganz plötzlich zu spät sein. Ich habe viele Unfalltote gesehen, die von einer Minute zur anderen aus dem Leben gerissen wurden und urplötzlich vor Gott dem

Schöpfer und ihrem Richter standen. Sie hatten vielleicht gedacht, sie hätten noch Zeit, diese Frage zu beantworten. Rumms-aus-Ende. Zu spät! Vorbei. Highway zu Ende, Chance verpaßt, Ewigkeit bei Jesus verzockt. † ☹

Ich lade Dich zu einem neuen Leben mit Jesus ein; SEINE Liebe, Kraft und Vergebung zu erfahren und daß ER sich Deiner Nöte und Krankheiten annehmen darf.
Vertrau auf IHN!
Und Du wirst Wunder erleben.
Wunder der Errettung, Befreiung, Vergebung, Heilung.
Wunder der göttlichen Hilfe in Deinem Leben.
Wunder gehören dazu.
100 prozentig!
Dieser ganze Errettungs – Prozeß ist ein Wunder!

Du fragst Dich, wie Du das machen sollst?

Sprich Jesus einfach an!
Du mußt Dich nicht vorher ändern, besser werden oder so. Das is´ Unsinn, das is´ religiöses Getöns. Sprich zu IHM, einfach in dem Zustand und der Lage, in der Du gerade bist. Mit Deinen eigenen Worten und wenn diese noch so gestammelt sind. Jesus versteht Dich. Er hört sogar den stummen Hilfeschrei Deines Herzens.

Wenn einer aus dem Schlammloch, in dem er steckt, gerettet werden soll, weil´s ihn sonst verschluckt, sagt man ja auch nicht vorher zu ihm: „Du kannst erst gerettet werden, wenn Du geduscht, sauber angezogen bist und die Frisur sitzt. Du wieder gut riechst, ach ja, die Fingernägel könnten auch sauberer sein!"

Das ist Nonsens. So auch im Glauben. Wie Du gerade bist – Jesus wartet auf Dich und wird Dich hören.

Lade ihn ein, nimm Jesus in Dein Leben auf.
Glaube und bekenne es mit aller Ernsthaftigkeit, die Du dafür
aufbringen kannst.

Die Bibel sagt:

„allen aber, die ihn annahmen, (Jesus)
(in ihr Leben, unter SEINE Regie),
verlieh er das Anrecht,
(Macht, Autorität)
Kinder Gottes zu werden,
nämlich denen, die an seinen Namen glauben. "
Johannes 1 / 12
(die Stelle ist so wichtig, deswegen bringe ich sie hier noch mal)

„Denn mit dem Herzen glaubt man
(an ihn - Jesus) zur Gerechtigkeit,
und mit dem Munde bekennt man ihn
zur Errettung. "
Römer 10 / 10

Es ist nicht schwer. Aber diese Entscheidung kann Dir
niemand abnehmen. Deine Eltern nicht, Deine Oma nicht,
schon gar keine Kirche, wie immer sie heißt und was sie Dir
alles versprochen hat. Nur Du und Jesus. Nur ihr zwei könnt
das klarmachen.

Jesus wird Dich niemals zwingen, aber Du solltest darüber
nachdenken, denn es kann schnell alles ganz anders kommen.

Bete jetzt, an der Stelle wo Du es gerade gelesen hast, zu
Jesus und übergib Dein Leben in die Hand des
wunderbarsten, liebevollsten, mächtigsten und gnädigsten
Herrn, den die Welt jemals gesehen hat oder sehen wird und
Du wirst IHN erleben … Jesus Christus!

Gebet zur Errettung

Wenn Du Jesus kennenlernen willst und Du weißt, daß Du Vergebung und Errettung brauchst, lade ich Dich ein, das nachfolgende Gebet laut, ernsthaft und voller Vertrauen zu beten:

Herr Jesus Christus,
ich glaube und bekenne von ganzem Herzen,
daß Du der Sohn Gottes bist
und auf die Erde kamst, um mich zu erlösen.
Du starbst um meinetwillen am Kreuz
und hast meine Sünde auf Dich genommen,
damit ich frei sein kann.
Du bist auferstanden und lebst.
Ich bekenne Dir meine Sünden.
Ich bitte Dich, vergib mir
und wasche mich rein durch Dein Blut.
Ich nehme Dich in mein Leben auf,
und bekenne:
DU allein bist mein Erretter und Herr!
Allen anderen Mächten,
denen ich mich geöffnet hatte,
müßen aus meinem Leben verschwinden!
In Jesu Namen.

Heiliger Geist,
bitte erfülle mich mit der Kraft Gottes,
damit ich im Glauben wachsen kann
und mehr und mehr von Jesus sehe
und das Wort Gottes verstehe.
Ich will Deine wunderbare Kraft erleben.
Danke Jesus! Amen.

Du denkst, das waren doch nur Worte, was soll da schon groß passiert sein?
Täusch Dich nicht.

Jesus hat es gehört und Dein Gebet ernst genommen.
Wir haben es schon so oft erlebt.
Jesus sieht Deinen Wunsch gerettet zu werden.

Du kannst hier mal Dein neues Geburtsdatum, Dein zweites Geburtsdatum vermerken. Schwarz auf weiß. Als zukünftige Erinnerung, daß heute was anders geworden ist. Du kannst es auch unterschreiben.

....
(Datum meiner Neuen Geburt in Jesus)

Wie geht`s jetzt weiter?

Herzlichen Glückwunsch! Wenn Du das Gebet gerade ernsthaft zu Jesus gesprochen hast, dann bist Du runter vom „Highway to Hell" Du bist jetzt ein Kind Gottes! Du bist auf dem „Way to Salvation". Willkommen in der Familie Gottes!

Du hast einen neuen Weg eingeschlagen mit Jesus an Deiner Seite. Die Bibel erklärt es als „Neue Geburt". Das hat, wie gesagt, überhaupt nichts mit Re - Inkarnation zu tun. Du kommst nicht nochmal in irgendeiner Lebensform auf die Erde. Du bist aus dem Geist Gottes eine neue Kreatur. Nicht äußerlich, aber geistlich ist etwas Wunderbares passiert. Das größte Wunder, daß ein Mensch erleben kann.

Egal, ob Du etwas besonderes gespürt hast oder nicht.
Errettung ist letztlich kein Gefühl, sondern eine Tatsache des Glaubens.
Gefühle können dabei sein.
Erleichterung, Frieden, Freude, Wärme, angenommen sein und vieles mehr.
Aber mache es bitte nicht von einem Gefühl abhängig.
Die Bibel sagt, daß es so ist, wenn wir Jesus ernsthaft aufnehmen und gut ist es. Punkt. Basta. Halleluja.

> *„Wenn also jemand in Christus ist,*
> *so ist er eine neue Schöpfung (neu geschaffen):*
> *das Alte ist vergangen, siehe, ein Neues ist entstanden!"*
> 2.Korinther 5 / 17

Du gehörst jetzt zum Siegerteam. Die Macht des Teufels ist in Deinem Leben gebrochen.

Jetzt soll Dein neues Leben in Jesus Christus wachsen und stark werden, so daß die Dinge, die Du tust und nicht richtig sind, auch noch aus Deinem Leben verschwinden.

So, wie ein Neugeborenes Versorgung, Schutz und Unterstützung beim Wachsen und Lernen braucht, brauchst Du es im Glauben auch. Du brauchst Menschen, die Jesus kennen und nachfolgen. Die Dir zeigen und erklären können, wie Du mit Jesus leben und reden kannst. Man nennt das übrigens BETEN. Nicht unbedingt vorformulierte Gebete, sondern frei weg, was Dir auf dem Herzen liegt.

Besorge Dir eine Bibel. Lies täglich darin, am besten Du fängst im Neuen Testament an, zum Beispiel im Johannesevangelium, denn da wird Jesus super beschrieben wie ER ist und was ER alles gemacht und gesagt hat. Du kannst Dich auf IHN und sein Wort verlassen. Du wirst sehen, es ist spannender, als Du denkst.
Es gibt viele gute Bibelübersetzungen, auch welche in geschmeidigem, heutigem Deutsch. Du mußt sehen, mit was Du am besten zurechtkommst.

Du brauchst eine lebendige Gemeinde, wo Du Dich zu Hause fühlst. Eine Gemeinde mit Menschen, die Jesus lieben und begeistert von IHM sind und erzählen was ER gerade wieder getan hat. Die den Gott der Wunder und der Kraft kennen.

Wo der Heilige Geist Freiraum hat, Wunder zu tun. Wo Menschen erzählen, wie Jesus aktiv und übernatürlich eingegriffen hat. Schau doch mal auf deren website nach, ob Du da Berichte über Heilungen, Eingreifen Gottes, Gebetserhörungen oder sonstige Wunder findest. Wenn ja – schau Dich dort mal um, wenn nein – naja. Dann such weiter und bitte Jesus, daß ER Dir den richtigen Platz zeigt.

Wo mit Dir und anderen persönlich gebetet wird, wo Heilung, Freisetzung und Wiederherstellung normal ist. Wo Du Deine Talente und Gaben einsetzen kannst und Du wachsen kannst. Es gibt mehr Gemeinden und Gruppen, als Du denkst.

Der Apostel Paulus ermahnte die Christen, daß der Glaube auf der sichtbar gewordenen Verbindung zwischen dem klaren Wort Gottes und der wirksamen Kraft stehen muß.

„und meine Rede und meine Predigt
erfolgte nicht
mit eindrucksvollen Worten menschlicher Weisheit,
sondern mit dem Ausweis (Erweisung, Beweis)
von Geist und Kraft;
denn euer Glaube sollte nicht auf Menschenweisheit,
sondern auf Gottes Kraft beruhen."
1.Korinther 2 / 4 + 5

„ich werde aber, wenn es des Herrn Wille ist,
bald zu euch kommen
und dann nicht die Worte derer prüfen,
die sich so in die Brust geworfen haben,
sondern ihre Kraft;
denn nicht auf Worten beruht das Reich Gottes,
sondern auf Kraft."
1.Korinther 4 / 19 + 20

Nicht nur schlaue Worte ohne sichtbare Demonstration der Kraft Gottes. Wenn sie Dir weismachen wollen, daß es diese Dinge heute nicht mehr gibt oder man das Wort Gottes, so wie es in der Bibel steht, nicht mehr so sehen kann, hüte Dich vor ihnen. Sie verleugnen die Kraft Gottes und Du würdest nicht wachsen und Jesus nicht wirklich erleben können.

„sie haben den Schein der Frömmigkeit,
*aber deren **Kraft verleugnen** sie;*
solche Menschen meide!"
2.Timotheus 3 / 5

Google doch einfach mal für Deine Stadt. Gib mal ein:
„Jesus" – „Heiliger Geist" – „Heilung" – „Wunder".

Dann schau Dir mal ihre websites an, ob da Leben drin ist. Schau mal dort vorbei und mach Dir ein Bild von der Gruppe und ihrem Gottesdienst. Du wirst das Richtige finden. Jesus wird Dich führen.

Aber bitte suche Dir eine Gemeinde oder Gruppe. Es ist lebensnotwendig. Die Bibel kennt keinen Christen ohne Gemeinde. Das ist der geistliche Tod und der Anfang von einem Haufen Verwirrung. Es gibt welche, die meinen sie bräuchten keine lebendige Gemeinde. Hör nicht auf sie.

Wenn Du mal nach Bamberg kommst, würde ich mich freuen, Dich in der Jesus Gemeinde Bamberg begrüßen zu können. (www.jesus-gemeinde.de)

Weißt Du, daß Dein Leben nun in der Hand und Obhut von Jesus ist? ER hat nun Deine Erlaubnis, in Deinem Leben Dinge in Ordnung zu bringen und Dir zu helfen. Und Dich hineinbringen in dieses „WUNDER – VOLLE" Reich Gottes.

Du wirst es sehn und erleben! Glaube an Jesus ist praktisch.

Willkommen auf dem „Way to Salvation"

Ich bete für Dich und für jeden Leser dieses Buches.
Jesus segne Dich!

(Anmerkung: Im gerade gelesenen Kapitel habe ich teilweise Passagen aus meinen ersten zwei Büchern genommen und hier wieder verwendet)

Total verloren

Wir möchten Dich nochmal mitnehmen auf Reisen. Auf geht's nach Mexico und Ägypten. Pack die Badehose ein …, das Fernglas, die Sonnencreme und Deine Bibel.
Ab zu den uralten Kulturen, den Pyramiden, Schauplätzen der Menschheitsgeschichte und von Günther und Andra. Spannung, Nervenkitzel und Abenteuer warten – worauf warten wir?
Hier kommen nochmal zwei „Schmankerl", Leckerbissen".

Vor Jahren flogen wir nach Mexico in den Urlaub. Vier Wochen, nur den Flug! Den Rest im Land auf eigene Faust. Also mutig waren wir schon immer. Wir sprachen fast kein Spanisch, ganz gut Englisch und man hatte uns gesagt, daß man damit weltweit gut durchkommt.
Trau – schau – wem!

Herumreisen im Land, auf eigene Faust alles erkunden, ohne Internet – das gab's damals noch nicht – (Ja, wir sind schon so alt!) gedruckten Reiseführer im Gepäck. Reisevorbereitung zu Hause abgeschlossen. Wir wußten, wo wir hinwollten, was wir sehen wollten.

Die Reise mitsamt der Planung in Gottes Hand gelegt und loooooooooooos!

> *„Befiehl dem HERRN deine Wege*
> *und vertraue auf ihn:*
> *er wird's wohl machen"*
> Psalm 37 / 5

> *„Befiehl dem HERRN deine Werke,*
> *dann werden deine Pläne gelingen. "*
> Sprüche 16 / 3

Mexico – City, die alte Aztekenhauptstadt „Tenochtitlan" aus dem 13. Jahrhundert, Templo Mayor, Sonnen – und Mondpyramide, die Wassergärten und den alten Kanälen, die Altstadt und das quirlige Leben. Ein Traum.
Nur der Smog, das war ein Albtraum. Da hattest Du nach kurzer Zeit Nasenbluten, so ätzte die Luft.
Nix wie weg!

Wir fuhren im Land nur mit „Einheimischen – Bussen", nicht mit klimatisierten Touristenbussen. Das ist viel interessanter, man kommt mehr rum, die Hühner rennen dir um die Beine (keine Ahnung wie die verschiedenen Besitzer sie beim Aussteigen wieder erkannt und eingefangen hatten), Wir fuhren tagsüber – da sieht man was, wir fuhren nachts – da spart man sich ein Hotel.

Ab zum Busterminal und nächste Station die alte, bekannte Jet - Set Stadt Acapulco.
Wenn wir schon mal da sind, wollten wir uns die weltberühmten Felsenspringer nicht entgehen lassen. Das ist schon todesmutig! Es ist eine ganz schmale Felsenbucht, in die die Pazifikwellen reindrücken.
Die eine Seite der Bucht ist steil, da klettern die Springer barfuß die 40 Meter hoch auf die Klippe „La Quebrada", stehen da, beobachten die Wellen, rechnen ihre eigene Flugzeit und die Wellenlänge- und höhe aus und jumpen dann kopfüber in diese schmale Bucht, in der Hoffnung, daß sie nicht an der Klippe anstreifen oder vom Wind dagegengedrückt werden. Einige sind bei diesen gewagten Sprüngen auch schon ums Leben gekommen.

Auf der anderen Seite der Klippe saßen wir, ungefährlich und bequem im Café und beobachteten das Spektakel. Wir stellten uns die Frage, warum sie sowas machen, is´ ja eigentlich verrückt.
Aber naja, wir waren ja auch irgendwie verrückt, uns sowas anzuschauen. Aber so ist das im Leben, es schaukelt sich

hoch. Sie springen wie verrückt, damit Zuschauer kommen, erstaunt sind, ihnen applaudieren, Trinkgeld geben, sie steigen mit Stolz geschwellter Brust wieder die Klippe hoch. Nochmal jumpen, nochmal Applaus, nochmal Trinkgeld.

Genug gesehen, weiter mit dem Bus nach Taxco, einer Silberminenstadt, fantastisches Essen, schönes Stadtzentrum, hoch auf den Berg mit einem alten VW Käfer - Taxi. Ein Abenteuer. Du weißt nie, ob Du den nächsten Tag erlebst. Aber Jesus ist mit uns. Und wieder ab an die Pazifikküste nach Puerto Escondido … zum Baden mit Pelikanen!

Mamma Mia – ich sag Dir, das ist schon was besonderes. Du schwimmst und plötzlich schlägt 30 cm neben Dir aus luftiger Höhe ein riesiger Pelikan ein, der einen Fisch um deine Füße herumschwimmen gesehen hat und sich den holt. Eigentlich müßte man mit Stahlhelm schwimmen, aber dann säufst du ja ab.

Aber jetzt weißt Du auch, wie wichtig der Helm des Heils ist. (Epheser 6 / 17) Ich glaube, der hilft auch gegen Pelikane!

Aber spannend war das schon! Wumm – wieder einer. Die flogen und tauchten in Massen. Wir hatten es erlebt → überlebt. ☺

Nix wie weg! Oaxaca, Chichen Itzá, viele Ruinenorte der alten Mayas, wir wollten runter auf die Yucatan – Halbinsel bis nach Cancun und dann wieder mit dem Flugzeug zurück nach Mexico – City, von dort ab nach Germany.

Wikipedia: (29.05.2024)
Chichén Itzá ist eine der bedeutendsten Ruinenstätten auf der mexikanischen Halbinsel Yucatán. Sie liegt etwa 120 Kilometer östlich von Mérida im Bundesstaat Yucatán. Ihre Ruinen stammen aus der späten Maya-Zeit. Mit einer Fläche von 1547 Hektar ist Chichén Itzá einer der ausgedehntesten Fundorte in Yucatán. Das Zentrum wird von zahlreichen

monumentalen Repräsentationsbauten mit religiös-politischem Hintergrund eingenommen, aus denen eine große, weitestgehend erhaltene Stufenpyramide herausragt. Im direkten Umkreis befinden sich Ruinen von Häusern der Oberschicht. Von der UNESCO wurde Chichén Itzá 1988 zum Weltkulturerbe erklärt.
(Nur mal so, als kleine Info.)

Die Reise war spektakulär, wir waren begeistert, alles flutschte wie geschmiert, der Reisefüher (also das kleine Büchlein) machte seinem Namen alle Ehre, es paßte alles, war so, wie beschrieben, immer ein Volltreffer.
Und wir wußten und spürten: Jesus war mit uns.
Gemäß dem Psalm 37 / 5 (Du erinnerst Dich? „Befiehl dem Herrn deine Wege, …)

Diese antiken Bauten, Tempel, Menschenopfer – alte Zeugen von mörderischen Anstrengungen, nur um ihre Götter milde zu stimmen und Gunst zu erlangen. Was für ein Aufwand, was für ein Unterschied zum Gott der Bibel. Gott hat alles gemacht, ER hat das Opfer zur Vergebung der Sünde durch Jesus geleistet, wir müssen es jetzt nur noch annehmen.
Wir sahen in den Ruinen förmlich die alten Mayas rumrennen, die Heil und Erlösung suchten. Und über den Tempeln und Opferaltären die dämonischen Fürsten, die den alten Mayas zuriefen: „Das reicht nicht – mehr Blut, mehr herausgerissene Menschenherzen, mehr, mehr … Opfer!"

Im Reiseführer lasen wir, daß auf unserer Route ein Bahnhof läge, in einer Ölgräber – Ortschaft und von dort käme man mit dem Zug bequem in einer wundervollen, mehrstündigen Fahrt nach Merida, Richtung Yucatan.
Den Namen der Ölgräber – Ortschaft weiß ich leider nicht mehr.
Na is´ ja auch mal was Neues, dachten wir und fuhren mit dem Bus in diese kleine Siedlung an der Pazifikküste.

Das Bus - Terminal lag am Ortsrand, es war nagelneu, eine

große Fläche mit Parkbuchten für die Busse, neue Gehwegplatten so weit das Auge reichte. Da hatte einer richtig Geld in die Hand genommen. Offenbar erwartete er viele Busse. Seeeehr viele Busse. Aber letztlich war es nur eine große, kahle und einsame Fläche.

Unser Bus war der Einzige!

Wir raus → Bus sofort weg, wie von der Tarantel gestochen. Wahrscheinlich hatte der Fahrer Angst, vor den „Banditos". Du weißt schon: wohlbeleibt, schmutzig, dicker Schnurrbart, riesiger Sombrero, Patronengurte gekreuzt über der Brust, blutrünstig, … Kinoklischee eben.

Wir also mit unserem Koffern ab zum Bahnhof, der mitten im Ort lag. Man kennt sich ja aus, hat einen Reiseführer.

Vorbei an vielen kleinen, leerstehenden Häusern, alles menschenleer, verlassen, trostlos, beklemmend.

Hier stimmte was nicht!

Der Reiseführer sprach von einer Zugverbindung, aber hier lebt ja nicht mal jemand.

Überfall? Indianer? Alle massakriert? Pest? Aliens? Ausgestorben?

Halt da! Ein Mexikaner! Aber der lag total betrunken, bedeckt mit seinem riesigen Sombrero, halb auf der Straße, halb auf dem Gehweg. Wieder nix. Nicht ansprechbar.

(Übrigens war das ein häufiges Bild auf unserer Reise, das wir sahen – es war traurig)

Trockene Büsche rollten im Wind über die Straßen, es war wie in den alten Western. Django gegen Manolito! Und eben die Büsche. Fehlte nur die entsprechende Musik. „Spiel mir das Lied vom Tod" oder so.

Diese trockenen Busch - Kugeln nennen sich übrigens „Steppenläufer bzw. Ruthenisches Salzkraut", ganz offiziell. Und die Botaniker oder Western – Fans unter Euch wissen, daß die Dinger auf lateinisch „Salsola tragus" heißen. Na klar – wie denn sonst!

Tja, hier lernst Du was für's Leben. Da kannst Du das nächste Mal glänzen, wenn Du danach gefragt wirst.

Aber wer fragt schon danach ☺ !

Dann endlich der Bahnhof! Halleluja!
Uppps! Naja, der hatte auch schon bessere Tage gesehen. Egal.
Die Eingangstür in die Bahnhofshalle war wie in einem Saloon. Zwei kleine Schwingflügel. Ach so – wir sind ja in Mexico, Live und in Farbe. Nix Saloon → Bahnhof! → Estación! Die vor uns liegende Szenerie hier hätte jedem Hollywood – Western zur Ehre gereicht.

Wir durch die Schwingtüren – quiiiiietsch → schwing → quiiiiietsch → schwing → quiiiiietsch → schwing → drin.
Wir sind da, aber allein. Alles verlassen, verfallen, nur wir und die trockenen Büsche, diese „Steppenläufer" rollen vorbei. Mitten in der zugigen Bahnhofshalle. Oder sollten wir besser sagen „Bahnhofsläufer"?
Und wir stehen mit unseren zwei Koffern verloren da.

Wir hatten plötzlich eine totale, finale Erkenntnis:

WE ARE LOST!
WIR SIND VERLOREN!

Entsetzen, Panik und Ratlosigkeit machte sich breit. Wir schrien zu Jesus um Hilfe. „Herr Jesus, wir hatten Dir doch alles anbefohlen. Und jetzt das! Wir sind hier verloren! Hast Du uns verlassen?"

Das Wort aus dem Psalm 50 erreichte unsere Gedanken, unser Herz. Der Vers 15 traf uns ins Mark und holte uns aus der beginnenden Frustration:

„und rufe mich an am Tage der Not,
so will ich dich retten,
und du sollst mich preisen!"

Erinnerst Du Dich dran? Wir hatten den Vers schon im Zusammenhang mit dem „Highway to Hell"

Das war für uns geschrieben, der alte Psalmschreiber Asaf mußte schon vor tausenden von Jahren gewußt haben, daß wir eines Tages in Mexico stranden würden. Vielleicht hatte er ähnliches erlebt? Alleine in der Wüste in einer verlassenen Karawanserei und weit und breit kein Kamel? Nur Steppenläufer? Und deswegen geschrieben?
Wie auch immer - Preis dem Herrn dafür.

Das ist eines der großartigen Geheimnisse der Bibel, des Wortes Gottes: trotz 4000 oder mehr Jahren alt, aber immer noch topaktuell, immer noch Volltreffer. Eben Gottes lebendiges Wort, auf das Du Dich verlassen kannst. Das wirkt, Dinge hervorbringt oder verändert.

(Jesus)
„Himmel und Erde werden vergehen,
meine Worte aber werden nimmermehr vergehen."
Matthäus 24 / 35

Nochmal zurück zu dem Psalm 50.
Man nennt den Vers 15 auch liebevoll
„die Telefonnummer Gottes":

☎: **50 – 15**

„Rufe mich an und ich (Gott) will Dich erretten..."

Und das machten wir. Wir riefen an, sofort, ganz ohne Telefon, kostenlos, aber nicht umsonst.
(denk dran, es gab noch kein Internet oder Google oder Smartphone – ach war das Leben relaxt!)

„Jesus – hilf uns, wir sind hier verloren!"

Unsere Telefonverbindung war Gebet.
Wir hatten damals schon 5G, ach was → 6G!
Gebet, Glaube, Gewißheit, Gott, Geist Gottes, Gottes Wort!

Manno, waren wir unserer Zeit voraus! Und 6G haben wir immer noch. Der Vertrag verlängert sich immer wieder, solange wir wollen. Kostenlos! Ewig!
Und stell Dir vor, am anderen Ende war tatsächlich Gott!

Unser Blick ging nach draußen.

Ein Taxi!
    Tatsächlich ein Taxi!
        Aus Blech, Reifen und Sprit!
          Mit Faaaahrer!
            Mit einem lebendigem Taxista!

Für uns!

Gott hatte prompt geantwortet. Keine Ahnung, wo die Rostlaube plötzlich herkam.

„...Sei stark und mutig und gehe ans Werk!
Fürchte dich nicht und sei unverzagt!
Denn Gott der HERR, mein Gott, wird mit dir sein:
er wird dich nicht versäumen und dich nicht verlassen, ..."
1.Chronik 28 / 20

Na also, wer sagt´s denn!

Wir waren die einzigen Fahrgäste. Na klar, war ja sonst niemand mehr da. Weit und breit.
Nur wir zwei und der Taxista. Den ließen wir jetzt nicht mehr los. Der könnte uns ja wieder in die Zivilisation fahren.

Wir versuchten mit unseren zwei Brocken Spanisch in Erfahrung zu bringen, was hier los sei, wann der nächste Zug nach Merida fährt.
(weil Englisch sprach der nicht, von wegen – mit Englisch kommt man weltweit zurecht. Nicht hier, mitten im mexikanischen Western mit den Steppenläufern!)

Nach längerem Hin und Her, Deutsch – Englisch – Spanisch, Händen und Füßen → das ernüchternde Ergebnis:
Es fährt gar kein Zug mehr, Bahnhof stillgelegt, seit Jahren.
Der Reiseführer hatte es nicht gewußt, uns ins Abseits geschickt. Manno – Mann!

„Der Busbahnhof!" Die rettende und vor allem preisgünstigere Idee. Vielleicht fährt ja ein Bus, der uns hier wegbringt. Angekommen sind wir ja auch.

Der Taxista wollte uns gar nicht zum Busbahnhof hinfahren, die Strecke war ihm zu kurz, er witterte vermutlich die Fahrt seines Lebens und wollte sich dann mit unserem Fahrpreis zur Ruhe setzen. Sombrero – Tequila – Chicas – Monetas und so.
Nix da – Busbahnhof! Vamos! Anderle!

Er fuhr uns hin, verärgert, weil er seinen Ruhestand verschwinden sah, verlangte einen utopischen Fahrpreis für ein oder zwei Kilometer, den wir natürlich nicht bezahlten. Ich gab ihm ein paar Pesos, er wollte mehr, ich blieb hart. Sollte er doch seine mexikanischen Banditos Colegas mit den über der Brust gekreuzten Patronengurten holen. Mir doch egal. Ich war schließlich der Sheriff und hatte keine Angst! Was sind schon ein paar Banditos?

Plötzlich sprang er auf sein Pferd – äääh in sein Taxi und brauste davon.

Wir waren wieder allein und verloren!
Mutterseelenallein auf dem weiten, nach allen Seiten einsehbaren Areal. Nicht mal ein Straßenköter. Zum Verzweifeln.

Also wieder anrufen! Die 50 – 15!
Wir kannten die Nummer auswendig. Die geht sogar ohne internationale Vorwahl, die man meistens sowieso nicht weiß.

„Jesus! Hiiiiiilfe!"

Unser Blick fiel auf das Ticket – Büro, mitten am Platz. Ein Versuch war es wert. Vermutlich nicht besetzt. Kein Mensch, kein Bus, kein Schaffner. Warum auch.

Ich bin da reingegangen, es stand ja groß „Billetes" drüber und welch ein Wunder. Es war ein Schaffner hinter seinem Schreibtisch! Danke Jesus.

Der „Mex – Man" war ein Koloß von Mann, groß, dick, riesiger Schnauzer, fehlte nur noch der Sombrero. Aber er saß ja im Schatten. Und in stolzer Schaffneruniform.
Er roch nach billigem Mezcal (Einfachversion von Tequila) und schlief.
Ja Du hast richtig gelesen. Er schlief tief und fest, schnarchte wie ein Walroß.

Ich sprach ihn an – nix - nada!
Ich schrie ihn an – nix - nada!
Ich schüttelte ihn – nix - nada!
Ich boxte ihn an – nix – nada!

Er schlief. Wie tot. Aber das Schnarchen zeigte, daß er noch lebte. Tote schnarchen nicht, die sind einfach nur tot und stumm. Ehrlich – hab ich in der Schule gelernt. Und das ist ausnahmsweise mal logisch.
Es gab auch keinen Fahrplan oder sonstige Info am Schalter. Was nützt mir ein Schaffner, wenn er nicht schafft.

Resigniert ging ich wieder raus zu Andra. Wir saßen auf einer Bank neben unseren Koffern.

„Was mach´mer jetzt?"
„Do mach´mer des, woss mer immer machn – orufn!"
(Du wassd scho – mir sänn vo Bamberch)

(50 – 15, ohne Vorwahl!)
„Herr Jesus – Hilfe!
Wir sind schon wieder verloren.
Bitte schick uns doch jemanden,
der wenigstens a bisserla Englisch kann
und uns weiterhilft."

Wir saßen auf der Bank und blickten stumm – in der ganzen Gegend rumm.

Plötzlich kam hinter dem „Billetes" ein Hippie hervor. Keine Ahnung, wie der da hinkam. Wir hatten niemanden über den Platz laufen sehen. Vielleicht hatte er dort im Schatten geschlafen. Egal.

Circa 25 bis 30 Jahre alt, schlank, lange Rasta – Haare, Hawai – Hemd, ausgefranste Jeans, dem würdest Du in Mexico auch nicht Deinen Koffer anvertrauen. Das war der erste Gedanke, aber dann hatte ich irgendwie den Eindruck, daß sein Gesicht europäischen Einschlag hatte und man ihm wahrscheinlich vertrauen könne. Der erste Eindruck täuscht manchmal. Vielleicht doch nicht schlecht, einfach mal ansprechen. Wir müssen ihm ja nicht unsere Koffer geben.

Halt den Geldbeutel fest! Und außerdem hatten wir keine andere Chance.

Er kam auf uns zu, ich sprach ihn auf Englisch an.

„Excuse me Sir, can you help us?"
(Entschuldigen Sie, können Sie uns helfen? - für alle Nicht – English – Speaker)

Ich wollte gerade mit meinem Schulenglisch weitermachen, als er mich freundlich anschaute, grinste und zu mir sagte: „Warum sprichst Du Englisch, Ihr seid doch aus Deutschland. Da können wir doch Deutsch reden."

Uns blieb die Luft weg. Total geflasht. Des gibbds doch ned! Der spricht Deutsch! Sapperlot! Der Hammer!

Und so ist unser Gott.
Wir hatten gedacht, wir bitten Gott um jemanden, der ein wenig Englisch spricht. Weiter ging unsere Logik, bzw. Glauben nicht.
Wahrscheinlich hatte Gott darüber geschmunzelt und uns was Besseres geschickt.

„Ihm aber, der nach der Kraft,
die in uns wirksam ist, (der Heilige Geist)
unendlich mehr zu tun vermag über alles hinaus,
was wir erbitten und erdenken (können)."
Epheser 3 / 20

HEY – Du kannst Gott mehr zutrauen als Du denkst. Wenn ich schon blank bin, dann hat ER noch genügend Trümpfe auf der Hand.

Wir unterhielten uns und wir schilderten ihm unsere Notlage und daß wir jetzt wieder mit dem Bus nach Oaxaca zurück wollten.

„Moment, das haben wir gleich!" antwortete unser deutsch – mexikanischer Hippie.

Er ging in das Schaffnerhäuschen, ich konnte ihn von außen beobachten.
Der Hippie flüsterte dem Mex was ins Ohr, das erschien mir nach meinen Aufweckversuchen völlig sinnlos.

Mex – Man wachte sofort auf, schoß aus seiner Ruhestellung hoch, als hätte er die Trompeten von Jericho gehört. Er fing sofort das Schwitzen an.

Unser Helfer packte den Schaffner am Kragen, zog ihn über den Tresen zu sich her und verlangte „ Dos billetes a Oaxaca – pero rápido!"
(Zwei Fahrkarten nach Oaxaca, aber plötzlich)

Der Schaffner wurde geschäftig, gab dem Hippie zwei Fahrkarten und nannte den Preis, der Schweiß verstärkte sich.

Unser Hippie – Freund rief den Preis zu mir nach draußen, ich holte einen Geldschein raus und langte es ihm rein.

Mit Fahrkarten und Wechselgeld kam unser „Retter" raus, gab es mir und sagte:

„Bleibt hier an dem Bussteig, in 10 Minuten kommt der Bus Nr. 5, der bringt Euch direkt nach Oaxaca."

Ich schaute auf die Uhr, 14.50 Uhr. Überglücklich steckte ich das Wechselgeld ein, drehte mich kurz zu Andra rum, um ihr die Buskarten zu geben. Das dauerte vielleicht 10 Sekunden – maximal.

Ich drehte mich wieder um, um mich bei unserem Hippie zu bedanken und zu fragen, wie wir ihm was Gutes tun konnten.

ER WAR WEG!
Einfach weg! Einfach verschwunden! Wie in Luft aufgelöst.
Weit und breit nix mehr von ihm zu sehen, auch hinter dem
„Billetes" nicht, auch nicht drinnen. Ich schaute nach, der
Mex sägte schon wieder ganze imaginäre Wälder um.

Ein Rundblick über den weit einsehbaren Platz – nix zu sehn.
Keine Menschenseele.

Es dämmerte uns langsam, was und wen Gott uns da
geschickt hatte:

Einen Engel

Verkleidet als Hippie! Damit wir nicht erschrecken.
Meistens mußten nämlich die Engel in der Bibel den
Menschen als erstes bei der Begegnung sagen:

„Fürchte Dich nicht"

„Nun waren Hirten in derselben Gegend auf freiem Felde
und hielten in jener Nacht Wache bei ihrer Herde.
Da trat ein Engel des Herrn zu ihnen,
und die Herrlichkeit des Herrn umleuchtete sie,
und sie gerieten in große Furcht.
Der Engel aber sagte zu ihnen:
Fürchtet euch nicht!
Denn wisst wohl:
ich verkündige euch große Freude,
die dem ganzen Volke widerfahren wird;
denn euch ist heute ein Retter geboren,
welcher ist Christus, der Herr,
in der Stadt Davids."
Lukas 2 / 8 – 11

Das ist nur eine von vielen Stelle, wo Engel kommen und erstmal sagen: „Fürchtet Euch nicht"

Engel sind gewaltige Wesen, von Gott geschaffen, nicht diese kleinen, pummeligen, verträumt schauenden, kitschigen, lockigen Kinder - Engelchen mit ihren rausgestreckten, dicken Popo – Backen. Das sind Putten!

Internet:
Die Vorstellung, dass diese kindlichen Engel Liebe und andere, angenehme Gefühle schenken, konnte sich über die Jahrhunderte hinweg auch in der christlichen Religion festsetzen, so daß Putten als Spender von Glück und vom Himmel gesandte Boten in die Kirchenarchitektur vieler Epochen eingesetzt wurden.
Quelle: (31.05.2024) Floristik21

Schade, das ist so eine Herabsetzung der gewaltigen Diener und Boten Gottes. Ich weiß ja jetzt nicht, wie Du das mit den Engeln so siehst, deswegen mal ein kleiner Ausflug ins Wort Gottes. Von vorne bis hinten kommen Engel vor. Immer im Auftrag Gottes. ER allein ist Chef der Engel. Selbst Jesus hat in seiner Zeit auf der Erde den Engeln nicht befohlen, sondern es SEINEM Vater überlassen. Zum Beispiel:

„Oder meinst du,
ich könnte meinen Vater nicht bitten,
und er würde mir nicht sogleich
mehr als zwölf Legionen Engel zu Hilfe senden?"
Matthäus 26 / 53

Jesus war der Menschensohn auf der Erde, und SEINER eigenen Aussage nach, hätte ER zu SEINEM Vater beten können, um Hilfe von 12 Legionen Engel zu erbitten.

ER, als Jesus, hat den Engeln nicht befohlen zu kommen. ER hat auch nicht gesagt,
"wenn ich wollte, dann würde ich die 12 Legionen Engel zu meiner Hilfe herbefehlen."

ER bezog sich dabei auf die damals herrschende, römische Besatzungsmacht.

Nein – ER überließ es dem Vater – dem HERRN DER HEERSCHAREN.

So auch bei uns: Wir dürfen den Vater im Himmel um den Dienst der Engel bitten, wenn ER es nicht schon vorher von sich aus macht, noch bevor wir IHN bitten.
Danke Gott – für diese gewaltige Unterstützung.

Übrigens: 1 Legion römischer Soldaten waren damals ein Haufen Leute! Und Jesus sprach von 12 Legionen.
Mamma Mia!
Du solltest das Reich Gottes besser auf Deiner Seite haben!

Wikipedia: (21.09.2024)
Eine römische Legion (lateinisch legio, von legere „lesen" im Sinne von: „auslesen", „auswählen") war ein selbstständig operierender militärischer Großverband im Römischen Reich, der meist aus 3000 bis 6000 Soldaten schwerer Infanterie und einer kleinen Abteilung Legionsreiterei mit etwa 120 Mann bestand.

Da kannst Du Dir ausrechnen und vorstellen, was da los gewesen wäre, wenn plötzlich ca. 70.000 Engel da gewesen wären. Schwerbewaffnet, grimmig und entschlossen dreinblickend. Da machst Du keinen "Zugger" mehr!

Sie werden von Gott gesandt um den Plan Gottes zu verkünden, zu helfen, zu begleiten, zu schützen, zu strafen und einiges mehr.
Aber immer als gewaltige dienstbare Geister. Stark, unüberwindlich, ausgestattet mit den Ressourcen des Himmels.
Alles andere würde dem gewaltigen Gott, dem Herrscher des Himmels und der Erde, nicht gerecht. Schon gar nicht PUTTEN! ☹

Hier mal eine kleine Auswahl von Bibelstellen:

„Zu welchem Engel hätte er ferner jemals gesagt:
Setze dich zu meiner Rechten,
bis ich deine Feinde hinlege zum Schemel deiner Füße?
Sind sie nicht allesamt (nur) dienstbare Geister,
die zu Dienstleistungen ausgesandt werden
um derer willen, welche die Rettung ererben sollen?"
Hebräer 1 / 13 + 14

...zum Dienst an denen, die das Heil ererben sollen!
Das bist Du und ich. Wir sollen nach dem Willen Gottes
gerettet werden, wenn wir es erkennen und wollen. Engel an
unserer Seite, ob Du sie siehst oder nicht, Hippie oder wer
anders, als Mann oder Frau wahrnehmbar, egal. Diener
Gottes für Dich und mich.

„Wisse wohl:
ich will einen Engel vor dir hergehen lassen,
um dich unterwegs zu behüten
und dich an den Ort zu bringen,
den ich dir bestimmt habe."
2.Mose 23 / 20

„Der Engel des HERRN lagert sich
rings um die Gottesfürchtigen und rettet sie."
Psalm 34 / 8

„Lobet den HERRN, ihr seine Engel,
ihr starken Helden,
die ihr sein Wort vollführt,
gehorsam der Stimme seines Gebots!
Lobet den HERRN, alle seine Heerscharen,
ihr seine Diener, Vollstrecker seines Willens!"
Psalm 103 / 20 + 21

„Nun ließ der Teufel von ihm ab, und siehe,
Engel traten zu ihm und leisteten ihm Dienste. "
(Nach der Versuchung Jesu in der Wüste)
Matthäus 4 / 11
(Jesus hatte sie nicht herbeizitiert!)

„ Vergeßt die Gastfreundschaft nicht;
denn durch diese haben einige,
ohne es zu wissen, Engel beherbergt. "
Hebräer 13 / 2
(wie die Gäste wohl ausgeschaut haben?)

Das sind ein paar Beschreibungen über Engel und ihre Aufgaben. Und die Bibel hat noch mehr davon. Sie sind in Gottes Umfeld nicht wegzudenken.

Und im Leben der Christen der ersten Stunde auch nicht. Lese mal z.B. in der Apostelgeschichte nach.

Und hier standen wir nun, hatten einen Engel persönlich getroffen, mit ihm geredet. Jetzt wußten wir auch, warum er wußte, daß wir aus Deutschland waren. Er hätte uns auch unsere Wohnanschrift und Namen sagen können, aber dann wären wir wahrscheinlich in Ohnmacht gefallen und lägen heute noch dort in der prallen Sonne. Ohne Sombrero.

Die letzte Bestätigung kam mit dem Bus.

Nach der Ansage von Mister Hippie – Engel sollte der Bus in 10 Minuten kommen und zwar die Nummer 5.

Wir hatten auf unserer Reise noch keinen pünktlichen Bus erlebt, geschweige einen mit Nummer. Meistens stand irgendein Ziel drauf, man mußte fragen.

Unser Glaube wurde schon arg geprüft.

Und siehe da, auf die Minute genau kam der Bus Nr. 5 an unseren Bussteig gefahren!

Ein weiteres Wunder, das wir so nicht erwartet hatten. Aber es war da, in Form von Bus Nr. 5!

Eigentlich waren es mehrere Wunder:

Wunder 1: Es kam tatsächlich ein Bus

Wunder 2: Genau zur genannten Minute

Wunder 3: Er hatte tatsächlich eine Nummer: Die 5

Wunder 4: Er kam an „unseren" Bussteig

Wunder 5: Er rettete uns und setzte uns in Oaxaca ab

Also Sachen gibt's, die gibt's nicht.

Wir wissen gar nicht, wie viele Engel wir bei den unterschiedlichsten Gelegenheiten getroffen haben, ohne sie zu erkennen.

Eines Tages, im Himmel, werden uns sicherlich einige Engel fragen: „Erkennt Ihr uns noch?"

Und wir dann: „Äääh – sorry? Nicht daß wir wüßten."

Und dann werden sie uns die Geschichte unserer Begegnungen erzählen. Wird sicherlich spannend. Wir freun uns drauf.

Wir erinnerten uns an eine weitere Begebenheit zwei oder drei Jahre vor der Mexico Reise. Da waren wir in Ägypten, in Alexandria.

Wir verließen gerade das Hotel, um einen ausgiebigen Sightseeing – Tag zu machen. Wir hatten gebetet, den Tag in die Hand Gottes gelegt, um SEINEN Schutz und Führung gebeten, Amen – alles gut.

Vor dem Hotel stand ein Ägypter, der nur auf uns gewartet hatte, so schien es zumindest. Er sprach uns direkt an und sagte:

„Ich bin Euer Stadtführer für heute!" Es war keine (!) Frage. Es war ein Statement.

Andra und ich schauten uns an, es waren viele Touristen in dem Hotel, die gerade alle ausschwärmten.

„Du mußt uns verwechseln, wir haben keinen Stadtführer bestellt."

„Doch, ich bin heute nur für Euch da."
„Ich nehme kein Geld, bitte zahlt nur die Fahrscheine für mich mit"
Naja – dachten wir, das sind Pfennigbeträge, das macht uns nicht arm. Loskriegen tun wir den Typen eh nicht.

So geht es uns leider oft: Wir beten und bitten etwas von Gott und dann rechnen wir gar nicht wirklich mit einer prompten Antwort, nur weil sie vielleicht anders ausschaut, als wir denken oder gar nix denken. Geht es Dir vielleicht auch manchmal so? Dann willkommen im Club der Lernenden!

Oft beten wir und machen dann Gott noch ernsthafte Vorschläge, wie ER uns am besten helfen könnte. Is doch verrückt - oder?

Wir ließen ihn erstmal stehen und gingen Richtung Straßenbahnhaltestelle, um zu unserem ersten Ziel zu fahren. Der Ägypter folgte uns und wußte, wo wir hinwollten. Er meinte es offenbar ernst.
Er stieg mit ein. Er hing an uns, wie eine Klette. Er gab uns unaufgefordert umfangreiche Stadtinformationen und Tipps, die nicht im Reiseführer standen.
Naja – dachten wir, der will halt letztlich dann ein ordentliches „Bakschisch" (=Trinkgeld) von uns.
Soll er haben, wenn er nicht aufdringlich wird.

Er warnte uns vor bestimmten Straßen in die wir reingehen wollten, eine bestimmte Straßenbahn, die wir nicht nehmen sollten, weil es da Probleme geben würde usw. Der Typ kannte sich wirklich aus.
Er war nicht nur ein Reiseleiter, sondern auch unser Bodyguard. Wir wurden nicht einmal angebettelt - welch ein Wunder in Alexandrien!

Wir absolvierten unser Tagesprogramm, Mister Egypt immer an unserer Seite, aber nicht aufdringlich. Wie ein Schatten in einer fremden, gefährlichen Stadt.

Ich will hier nicht alle Einzelheiten dieser Tagesbegegnung wiedergeben, das wäre zu viel.
Aber es war echt spannend. Unsere Gedanken waren immer zwischen Betrug und Dankbarkeit, Wachsamkeit und Genießen.

Letztlich kehrten wir spätnachmittags zum Hotel zurück, immer noch mit unserem ägyptischen Schatten im Schlepp. Ehrlich gesagt, jetzt am Schluß der Tour, war es gar nicht so unangenehm gewesen, jemanden dabei zu haben, der sich auskannte, wir wurden auch nicht von anderen ägyptischen Händlern oder Bettlern belästigt,

Vor dem Hotel bedankten und verabschiedeten wir uns und ich wollte ihm ein großzügiges Bakschisch geben.
Ich streckte ihm das Geld hin.
Er wurde ärgerlich und fragte uns, ob wir ihn beleidigen wollten.
Wir dachten, das Bakschisch sei ihm zu wenig für den ganzen Tag, also legte ich noch ein paar Scheinchen drauf. Er wurde noch ärgerlicher!

„Ich will kein Geld, Euch den Tag über sicher zu begleiten ist mir genug.“

Sprach, drehte sich rum und verschwand.
Und zwar im wörtlichsten Sinne. Einfach weg. Spurlos weg.
Mitten auf dem Gehsteig.

Wir realisierten endlich, daß Gott uns einen Engel geschickt hatte, der auf uns aufgepaßt hatte, uns durch Alexandria geführt und bewahrt hatte.

Genial!

Stell Dir vor wir hätten das gecheckt! Was hätten wir ihn alles fragen können? Über den Himmel ausfragen? Vielleicht hätter er erzählt?

In Brasilien ist uns was ähnliches passiert, da war es ein freundliches, junges Pärchen. Die hatten sogar einen alten VW Käfer, in dem wir mitfuhren.

Noch so einen „Engel – Hammer" hörten wir im Juli 2024 von einer Frau (sie ist total glaubwürdig!) in der Gemeinde „Esperanza de Vida" in Cala Ratjada / Mallorca. Wir waren wieder einmal dort, um zu dienen und die Kraft Gottes zu demonstrieren.
Es ist super, wie viele Berichte von Heilungen und Wundern wir von dort schon gehört und gesehen haben.

Diese Frau berichtete es öffentlich in der Gemeinde, vor allen Leuten. Einige Wochen später fragte ich sie erneut, ob ich das so alles richtig verstanden hatte, weil ich es in diesem Buch schreiben wollte.

Sie arbeitet im Zimmerservice eines großen Aparthotels und der Chef kam bei Arbeitsbeginn zu ihr und sagte, sie müsse an diesem Tag 8 (!) Appartements wieder herrichten, die Gäste seien heute morgen abgereist und am nächsten Tag kämen schon neue Gäste. Unterstützung gäbe es nicht, zu wenig Personal, sie solle sich ranhalten, die Zimmer seien ziemlich „verwüstet".

Das war ein Schock – Auftrag!
Acht Appartements!
Alleine!

Üblicherweise werden die Zimmer total dreckig verlassen und es schaut aus, als hätte eine Bombe eingeschlagen. Die

nassen, dreckigen Handtücher am Boden, im Bad alles verschmiert, Unordnung und Müll überall. Alles muß auf Funktion und Schäden überprüft werden. Das dauert.
Viele Hotelgäste benehmen sich leider wie die Vandalen. Man hat ja schließlich dafür bezahlt.

Die Frau war von dem Auftrag völlig überfordert, fast panisch und total gefrustet (verständlich - oder?), sie schrie zu Jesus und bat um Hilfe.

„Herr Jesus, HILFE!
schick mir bitte Engel zur Hilfe,
sonst ist das nicht zu schaffen."

Sie kannte offenbar auch die Notrufnummer Gottes! ☺
Die geht auch aus Spanien und sonst wo.

Sie betrat mit ihrer ganzen Ausrüstung das erste Zimmer, das zu säubern war.
Es war total sauber und aufgeräumt, wie aus dem Bilderbuch.
Fast ein Ausstellungsraum, ein Präsentationszimmer.
Sie schaute verdutzt und vergewisserte sich, daß es das richtige Zimmer war → war es.

Fassungslos stand sie da und realisierte, daß Gott ihr wirklich übernatürliche Hilfe geschickt hatte. Engel hatten schon fast alles gemacht.
Funktionscheck: ok!
Vollzähligkeit: ok!
Bad: super – ok!
Appartement Gesamtzustand: Genial – ok!

Sie stellte fest, daß sie nur noch die Betten überziehen mußte, fertig. Keine 30 Minuten.
Das hatten die Engel wohl nicht gemacht, so daß sie auch zum Chef sagen konnte, daß sie was gemacht hatte. Die

Engel denken aber auch wirklich an alles.

Sie schwebte wie auf Wolken aus Zimmer 1, ab ins Nächste.
Mal schaun, was sie da erwartete.
Hoffnung und Glaube war in ihrem Herzen sprunghaft
gewachsen.

Das zweite Zimmer → das gleiche Szenario. Wie eine Kopie
von Nummer 1.
Die Engel hatten wieder ganze Arbeit geleistet – bis auf die
Betten. ☺
Nummer 2: CHECK - ☺
Nummer 3: CHECK - ☺
Nummer 4 bis 8: CHECK - ☺

Alle 8 Zimmer hatten die Engel sauber gemacht. Welch ein
Wunder. Du kannst das jetzt glauben oder nicht – Andra und
ich tun es, weil es die Handschrift Gottes trägt, dem Wort
Gottes gemäß ist und GOTT die Ehre bekommt.

Gott hatte sein Wort in der Praxis demonstriert, wie es im
Hebräer 1 / 14 heißt:
*„Sind sie nicht allesamt (nur) dienstbare Geister, die zu
Dienstleistungen ausgesandt werden um derer willen, welche
die Rettung erben sollen?"*

Jawohl, Hurra! Supi! logo, selbstverständlich, immer wieder
gerne, mehr davon HERR!

Nicht so genial ist es leider, daß man solche Erlebnisse oft
schnell wieder vergißt, oft nicht einmal wahrnimmt, wie Gott
sich um uns kümmert.

Deswegen die Aufforderung der Bibel, die Wohltaten Gottes
nicht zu vergessen und sie zu verkünden.

Catedral de los Milagros

„Kommt und schauet die Großtaten Gottes,
der wunderbar ist im Handeln
über den Menschenkindern!"
Psalm 66 / 5

Ein Erlebnis, daß uns total beeindruckt und geprägt hatte, war der Besuch einer Gemeinde in Buenos Aires / Argentinien.

Wir waren vor ein paar Jahren eingeladen worden, dort zu predigen und den Menschen mit Gebet zu dienen.

„Catedral de los Milagros → Kathedrale der Wunder"
so nannte sich die Gemeinde.
Wir dachten zuerst, der Name sei schon ein bisschen hochtrabend, weil das erlebt man im Ausland ja öfters. Aber weit gefehlt!

Es war ein modernes Gebäude mitten in einem armen Stadtviertel, Lehmstraßen mit riesigen Schlaglöchern und Hügeln, Schmutz und Abfall ohne Ende. Und mittendrin, wie ein leuchtender Stern, eine Oase, diese Gemeinde.
Neubau, viel Glas, alles sauber, der Rasen und Hecken sauber gestutzt, Security überall auf dem Gelände und im Gebäude.

Andra und ich bekamen jeweils einen persönlichen Security zugeteilt, der immer um uns rum war und sich um uns kümmerte. Man kam sich vor wie ein Staatsgast. VIP!

Die Gottesdiensthalle gebaut für 5000 Personen, es waren geschätzt circa 3500 bis 4000 Leute da. Wir waren überwältigt.
Erwartung und Freude lag in der Luft.

Der Gottesdienst fängt an, erster musikalischer Teil – die Besucher singen aus voller Kehle und ganzem Herzen.

Danach kommt einer der Pastoren auf die Bühne und eröffnet den sogenannten „Zeugnis – Teil."

Da gab es jetzt keine Noten und das entsprechende Zeugnis dazu, sondern es ist ein Begriff, der von „Zeuge" kommt.
Den Begriff kennt jeder, zum Beispiel vor der Polizei oder vor Gericht.
„Da wurde ich Zeuge ..." und dann berichtest Du, was Du gesehen, gehört und wahrgenommen hast. Fakten, persönlich. Keine Vermutungen, keine eigenen möglichen Schlußfolgerungen, nein – nur das Eigene, selbst Erlebte. Im schlimmsten Fall wirst Du sogar darauf vereidigt, daß es auch wirklich die Wahrheit ist. Also paß auf, was Du sagst.

Und das mache ich hier in dem Buch auch. Es entspricht alles der Wahrheit - auch ohne Schwur.

Und in der Gemeinde erzählen Menschen, was sie persönlich mit Jesus erlebt haben. Sie sind „Zeuge vom Handeln Gottes" geworden und erzählen es in aller Öffentlichkeit, das heißt, sie geben „Zeugnis".

So auch hier in der "Catedral de los Milagros". Einer nach dem Anderen, manchmal ganze Familien, gaben Zeugnis darüber, wie Gott sie aus einer Notlage befreit hatte. Das waren Krankheiten, finanzielle Probleme oder auch Gefahrensituationen und alle bekundeten begeistert, wie Jesus sie aus diesen Situationen auf übernatürliche Art und Weise gerettet hatte. Die Schlange der Wartenden war groß, alle wollten ein Ereignis erzählen und es dauerte zirka 45 Minuten bis fast eine Stunde, bis dieser Teil von dem Pastor wieder beendet wurde. Nicht alle Wartenden waren dran gekommen → nächstes mal!

Ich dachte daß es jetzt irgendwie weitergeht mit der Predigt die ich an dem Tag geben sollte, aber weit gefehlt.

Nach diesen Berichten der verschiedenen Leute rief der Pastor dazu auf, sein Leben in die Hand von Jesus zu legen.

Ich dachte mir „Moment, sie haben ja noch gar nicht die Predigt gehört, daß Jesus sie liebt und erretten will." Ich war irgendwie festgefahren in meinem geistlichen Denken und Ablauf.

Aber Jesus machte es diesmal anders. Ich bekam meine Lektion.

Die Menschen hatten gehört wie gut Gott ist, daß ER sie liebt und ER ihnen nicht nur helfen will in ihrer natürlichen Not, sondern auch in der geistlichen Not.

Es war einfach mal ne andere Art von Verkündigung, aber nicht weniger effektiv. Vielleicht sogar effektiver.

Daß Jesus für jeden einzelnen Menschen ans Kreuz gegangen war, um die Sünde zu tragen, die Schuld zu vergeben und die Tür zu öffnen, zurück zum Vater und eine Ewigkeit in der Gegenwart Gottes verbringen zu können.

„Jesus antwortete: Wahrlich, wahrlich ich sage dir:
Wenn jemand nicht aus Wasser und Geist geboren wird,
kann er nicht in das Reich Gottes eingehen.
Was aus dem Fleisch geboren ist, das ist Fleisch,
und was aus dem Geist geboren ist, das ist Geist. "
Johannes 3 / 5 + 6

„Und wie Mose die Schlange in der Wüste erhöht hat,
so muß auch der Menschensohn erhöht werden,
damit alle, die (an ihn) glauben,
in ihm ewiges Leben haben.
Denn so sehr hat Gott die Welt geliebt, ...

daß er seinen eingeborenen (einzigen) Sohn hingegeben hat,
damit alle, die an ihn glauben,
nicht verloren gehen, sondern ewiges Leben haben.
Denn Gott hat seinen Sohn nicht dazu in die Welt gesandt,
daß er die Welt richte, sondern
daß die Welt durch ihn gerettet werde."
Johannes 3 / 14 – 17

Es war eine einfache Botschaft und am Ende dieses Aufrufes fragte der Pastor, wer von den Anwesenden sein Leben Jesus übergeben und anvertrauen möchte.

Zu meinem großen Erstaunen meldeten sich circa 150 Menschen, die anschließend nach vorne kamen, um dann mit dem Pastor und einigen Helfern in einen Nebenraum zu gehen, wo mit ihnen gebetet wurde und erklärt wurde, was die Lebensübergabe an Jesus bedeuten würde und wie es nun als neugeborene Christen in ihrem Leben weitergehen kann und sollte.

Ich war wirklich überrascht, wie Gott diese Berichte von dem übernatürlichen Handeln genutzt hatte, um tief das Herz von Menschen zu berühren und sie zu Jesus zu ziehen.

Das hat mein Leben und auch unseren Dienst in der Gemeinde und in anderen Nationen nachhaltig beeinflußt.

Jetzt wußten wir auch, warum die Gemeinde „Kathedrale der Wunder" heißt. Die passieren hier am laufenden Meter und die Menschen berichten davon.
Diesen Zeitraum der „Zeugnisse" haben sie in jedem Gottesdienst und jedes Mal entscheiden sich 100 bis 200 Menschen für Jesus.
Halleluja.

Stell Dir vor, das wäre in jeder Gemeinde, egal wie sie heißt und welcher Denomination sie angehört, an der Tagesordnung.

Alleine in Deutschland würden in einem Jahr Millionen Menschen zu Jesus kommen.

WOW!

Und soll ich Dir was sagen, oder noch besser gesagt, prophezeien?

ES WIRD SO EINE ZEIT KOMMEN!

Weil Gott es versprochen hat.

Ich predigte anschließend über die Kraft Gottes und Heilung. Kraft und Wunder gehören zusammen, sind ein Charakter Gottes. Jesus hatte es in seinem Dienst hier auf der Erde hunderttausendfach demonstriert.

„Es gibt aber noch vieles andere,
was Jesus getan hat;
wollte man das alles im einzelnen aufschreiben,
so würde nach meiner Überzeugung
die Welt die Bücher nicht fassen,
die dann zu schreiben wären. "
Johannes 21 / 25

Der Apostel Paulus schreibt:
„Freilich haben sich einige (bei euch in der Gemeinde)
in der Annahme, daß ich nicht zu euch kommen würde,
in die Brust geworfen;(aufgespielt, aufgebläht)
ich werde aber, wenn es des Herrn Wille ist,
bald zu euch kommen und dann nicht die Worte derer prüfen,
die sich so in die Brust geworfen haben, sondern ihre Kraft;
denn nicht auf Worten beruht das Reich Gottes,
sondern auf Kraft. "
1.Korinther 4 / 18 – 20

Paulus schreibt hier ganz klar, um was es geht!

Die Kraft Gottes, des Heiligen Geistes.
Kraft wird immer sichtbar,
bei Gott durch Zeichen, Wunder, Heilungen, Befreiungen.

Er war nicht interessiert an dem Bla-Bla, die schlauen Worte oder trockenen Predigten, die die Menschen am langen Arm verhungern lassen oder nur notdürftig ernähren. Sie nicht wirklich den Gott der Wunder kennenlernen dürfen. Das war bestimmt eine interessant Konfrontation. Da wäre ich gerne dabei gewesen, Mäuschen spielen.
Du solltest den Erfinder und Gestalter des Wortes „WUNDER" kennen!

Egal ob Du es so siehst oder nicht, die Bibel sieht es so.
Gott sieht es so.
Jesus sieht es so.
Der Heilige Geist sieht es so.

Ich sehe es so ... und viele andere sehen es auch so. ☺

Zurück nach Argentinien. Beim Gebetsaufruf kamen die Menschen in Scharen nach vorne und der Heilige Geist berührte so viele mit Heilungen, Freisetzungen, neuer Kraft, Sprachengebet, und vieles mehr. Es waren neutestamentliche, erste Gemeinde Momente. Herrlich und wunderbar.

Wir brauchten sehr lange, um für sie alle zu beten. Erinnere Dich, wie viele gekommen waren.
Ich hoffe, bete und glaube, daß Jesus uns noch einmal die Gelegenheit schenkt, diese Gemeinde zu besuchen, dort zu lernen, Wunder zu hören und zu sehen und dort zu dienen.

So etwas zündet bei einem selbst den Glaubens - Turbo!
Den Nachbrenner! Den „Fast and Furious des Glaubens"!
Darüber müßte mal ein Film gedreht werden. Wäre super.

Feurio!

Im Jahr 1995 ging ich für zwei Jahre zum Studium auf die Polizei – Fachhochschule, um in den gehobenen Polizeidienst aufzusteigen.

Dazu entschlossen wir uns, ein einfaches, zweites Auto anzuschaffen, damit auch Andra unter der Woche mobil wäre, weil ich ja von Montag bis Freitag weg war.

Ich betete dafür und bat Jesus um ein geeignetes Fahrzeug, daß ich diese zwei Jahre Studium nutzen konnte.
Ich leistete zu der Zeit Dienst in Forchheim und ich benötigte ein Ersatzteil für meinen Golf. Also fuhr ich vor meinem Dienst zu einem Autoverwerter in Forchheim, holte mein gebrauchtes Ersatzteil und dann sah ich, daß er auf seinem Hof drei Pkw stehen hatte, die noch ganz gut aussahen und noch komplett waren.

Der Autoverwerter hatte Zettel hinter die Windschutzscheibe gelegt, auf denen offenbar Preise standen.

Ein Fahrzeug, ein roter Talbot, Viertürer, eine gute, alte „Franzosen – Schaukel" stach mir besonders ins Auge. Auf dem Zettel stand „200".
(die meisten französischen Autos waren früher total weich gefedert und man saß wie auf der bequemen Couch. Wie es heute ist, weiß ich nicht.)

Ich fragte den Chef, ob das Auto fahrbereit wäre oder ob der zum Ausschlachten sei.
„Nee, der is'ok, fahrbereit, halt a weng alt, keinen TÜV."

„Und der soll 200 Mark kosten oder fehlt da 'ne Null?" fragte ich ihn.

„Na, na, des paßt scho´so. 200 Märkla."
(für meine hochdeutschen Sprachfreunde: „Nein, nein, das ist schon in Ordnung. Nur 200 DM")

Ich untersuchte das Fahrzeug, fand keine gravierenden Mängel, kaum Rost und fragte den Chef, ob ich eine Probefahrt machen könne. Das war möglich. Rote Nummern drauf, ins Fahrtenbuch eingetragen und ich fuhr los, testete den Flitzer auf Herz und Nieren. Ich ließ die Franzosen – Schaukel ordentlich schaukeln.
Es schien alles in Ordnung. Also fuhr ich direkt zum TÜV, um ihn anschauen zu lassen. Ich kannte ja den TÜV – Chef.
„Dem Auto fehlt nix. Keine Mängel. Erstaunlich. Willst Du das Auto kaufen? Wenn nicht, dann kauf ich es."

Na wenn das ein Sachverständiger zu Dir sagt, dann hüpft Dein Herz vor Freude.
Ich ließ mir gleich die entsprechenden Prüfberichte erstellen, bezahlte und fuhr zurück auf den Hof.

„Gekauft!" und ich hielt ihm 100 Mark als Anzahlung hin.
„Mehr hab´ich jetzt ned einstecken. Rest bei Abholung."

Der Chef schaute mich etwas schräg von der Seite an und meinte: „Wie ich Dich kenne, warst Du sogar schon beim TÜV."
„Na freilich. Ohne Mängel"

Er gab mir die Papiere mit, ich ließ das Auto zu und holte es drei Tage später ab, zahlte den Rest und fuhr begeistert, total dankbar und glücklich nach Hause.
Gott hatte mir das entsprechende „Studiums – Auto" besorgt.

Ich war gerade auf der Autobahn Richtung Bamberg, ich saß entspannt in meiner „Franzosen – Schaukel", trällerte ein Loblied auf Gottes Güte, Segen und Versorgung vor mich hin, als urplötzlich dicker schwarzer Rauch unter dem

Armaturenbrett hervorquoll. Es wurde immer mehr, immer dichter und plötzlich schlugen Flammen aus der Instrumententafel.

„Die Kiste fackelt jetzt ab,
was hast Du denn da für einen Schrott gekauft.
Dein doofes Gottvertrauen – jetzt hast Du den Dreck!
Von wegen Segen."

Eine bösartige Stimme versuchte mir etwas einzureden und lachte mich aus. Ich sagte laut:

„Das kann jetzt aber nicht sein!
Das ist nicht die Stimme meines Herrn Jesus!
Die kenne ich ganz genau.
So redet ER niemals mit mir."

Ich wußte sofort, das war hier jetzt eine geistliche Konfrontation. Sieg oder Niederlage. Jesus oder Teufel, Segen oder Schaden. Franzosenschaukel oder ausgebrannter Schrotthaufen.

Und ich nahm kühn im Glauben die Autorität des Namens Jesus in Gebrauch!

„Feuer geh aus – in Jesu Namen!
Das ist mein Auto, mein Geschenk von Gott
und Teufel, Du wirst es mir nicht wegnehmen und zerstören.
Hau ab, nimm Deine dreckigen Finger von meinem Auto.
In dem Namen Jesus!!!!"

Es war eine Sekundensache. Eine Spontanreaktion des Glaubens, ohne groß zu überlegen.
Natürlich weiß ich auch, daß man normalerweise rechts ranfährt, Warnblinker rein, rausspringt und dann das Auto abbrennen läßt. Es hätte ja keine andere Möglichkeit gegeben. Feuerlöscher war nicht an Bord. Handy gab es

nicht, die Feuerwehr hätte zu lang gebraucht.

Aber es brach förmlich aus mir heraus. Ich wußte, der Teufel wollte mir meinen Segen rauben und das ließ ich nicht zu.

Ich sage hier ausdrücklich, es war meine Reaktion.
Bitte nicht einfach nachmachen, nur weil ich es so gemacht habe. Da muß auch der Glaube dazu da sein.
Also erst Glauben checken, dann handeln!
Und das gilt grundsätzlich.

„In dem Namen Jesus! Feuer geh aus!"

Die Flammen erloschen sofort, der schwarze, nach Gummi und Kunststoff riechende Qualm wurde weniger, hörte ganz auf.
Ich öffnete die Fenster, lüftete durch und jetzt lobte und jubelte ich lauthals meinen Jesus und die Macht seines Namens.
Der Name Jesus und SEIN Wort hatten sich wieder einmal als mächtig und wahr erwiesen.

„Jesus aber antwortete und sprach zu ihnen:
Wahrlich, ich sage euch:
Wenn ihr Glauben habt und nicht zweifelt,
so werdet ihr nicht allein das
mit dem Feigenbaum Geschehene tun,
sondern wenn ihr auch zu diesem Berg sagen werdet:
Hebe dich empor und wirf dich ins Meer!,
so wird es geschehen. "
Matthäus 21 / 21 (Elberfelder)

Jesus:
„Glauben haben – nicht zweifeln – zum Berg sprechen →
es geschieht!"

Günther:
„Glauben haben – nicht zweifeln – zum Feuer sprechen → es geschieht und geht aus!"

Is' ja irgendwie logisch. Wenn der Berg sich ins Meer schmeißt, geht er unter. Normaler Vorgang der Schwerkraft. Wenn Du das Feuer ins Meer schmeißt - geht''s aus. Noch Fragen?

Du:
????

Das Auto fuhr die zwei Jahre tadellos, machte keine Probleme, schaukelte mich zuverlässig zum Studium und zurück, sogar zum Skifahren nach Südtirol, und nach den zwei Jahren brauchten wir ihn nicht mehr, der TÜV war wieder abgelaufen und ich fuhr ihn wieder auf den Hof des Autoverwerters, wo ich ihn gekauft hatte. Der Schrottpreis war hoch und ich bekam → 200 DM dafür.
Hallelujah!!!!

„Jesus antwortete ihm:
Was dein ›Wenn du es vermagst‹ betrifft, so wisse:
Alles ist dem möglich, der Glauben hat."
Markus 9 / 23

Glaube
ist Liebe zum Unsichtbaren,
Vertrauen aufs Unmögliche,
Unwahrscheinliche.

Johann Wolfgang von Goethe
1749 – 1832, deutscher Dichter, Politiker, Naturforscher

Es ist fast unmöglich,
die Fackel der Wahrheit
durch ein Gedränge zu tragen,
ohne jemandem
den Bart zu sengen.

Georg Christoph Lichtenberg
1742 – 1799, Physiker, Naturforscher, Mathematiker, Schriftsteller

Es hört nicht auf:

So am Ende eines Buches liest man normalerweise „zum Schluß" oder „zu guter Letzt" oder ähnliches, und meint damit, daß es jetzt tatsächlich aufhört und zu Ende ist.

Aber das ist nur bedingt richtig. Klar, das Buch hört natürlich irgendwann auf, muß es ja.
Aber die Botschaft geht weiter.

Die Wunder gehen weiter.

Gott geht weiter → mit Dir und mir.

Von Herrlichkeit zu Herrlichkeit.
Von Sieg zu Sieg.
Von positiver Erfahrung zu positiver Erfahrung.
Von Wunder zu Wunder.
Bis wir in der Ewigkeit bei IHM ankommen und das sehen dürfen und können, was wir geglaubt und gehofft hatten.

Aber bis dahin will ich noch so viele Wunder und mächtige Manifestationen erleben, wie irgendwie möglich. Es gibt noch so viel, was Jesus versprochen hat, was ich noch nicht erlebt habe, es aber möglich ist, weil Jesus es gesagt hat.

Zum Beispiel TOTENAUFERWECKUNG !

Mann – Mann – Mann! Das ist spannend.

Als ich noch im Polizeidienst war, hatte ich ja immer wieder mit Toten zu tun. Unfallopfer, natürlicher Tod, …, und manchmal, wenn ich dann mit den Verstorbenen allein war, fing ich an zu beten.
Nicht für die Toten, das hatten wir schon, das bringt nix mehr.

Aber ich fing an, sie wieder ins Leben zurückzurufen. Ich legte ihnen die Hand auf. Proklamierte meinen Auftrag aus Johannes 14 / 12, aber leider bisher nichts.
Also da ist noch ganz schön Luft nach oben.
Und ich gebe nicht auf!

Ich verstehe viele Dinge noch nicht, aber das hindert mich nicht daran, das zu tun, was das Wort Gottes sagt, was ich tun soll.
Es steht ja nirgends geschrieben, daß ich es vorher verstehen muß. Da wären wir dann wieder bei der „Logik".

Jesus hat nicht gesagt: „wer an mich glaubt und alles versteht ...", sondern nur: „Wer an mich glaubt..."

Wir sind zu sehr „Erfolgsorientiert".
Wir haben gelernt, wenn wir etwas machen, daß wir auf das Resultat schauen.
Ergebnis gut → wir machen weiter, wiederholen es, es hat ja funktioniert.
Ergebnis schlecht → wir probieren noch ein paar mal und hören auf.
Ergebnis „0" → wir machen gar nicht weiter, bringt ja eh nix, funktioniert ja nicht.

Und das Prinzip wenden wir leider auch oft im Glauben an.
Wir beten ein oder zwei mal, sehen nicht sofort eine Veränderung oder Verbesserung, wir hören auf, war wohl nicht Gottes Wille.

Aber Glaube funktioniert anders.
Glaube ist nicht „Ergebnisorientiert" sondern einfach nur

„Jesus-hat-es-gesagt-und-ich-tue-es-deswegen-orientiert"!

Ich tue es im Vertrauen auf IHN, sein Wort. Ich bin gehorsam und ich bin gespannt, wann das Ergebnis kommt. Das ist nämlich SEINE Sache, wann und wie Jesus das macht.
Ich blockier mich doch nicht selber.

Wir haben es so oft erlebt, wir haben mit jemandem um Heilung gebetet, er und wir spürten nix, sahen und merkten nix.
Aufgeben? Sorry war nix diesmal? No way!
Weiterglauben und vertrauen.

Wir haben mit all unserem Glauben gebetet, weil Jesus gesagt hat, wir sollen es tun.
Und ganz oft stellte sich die Heilung Stunden, am nächsten Tag oder der Woche ein.
Halleluja.

Jesus ist kein Kaugummiautomat. Einmal beten und sofort unten das Ergebnis rausziehen. Das ist kein Vertrauen, kein Glaube an Jesus. Manchmal wartet Jesus ein wenig, um zu sehen, ob wir an IHM, dem Glauben an das Gebet und dem Vertrauen in die Wirksamkeit des Wortes Gottes festhalten.
Deswegen - keine Panik!

Jesus steht zu SEINEM Wort. ER hat es ja schließlich gesagt. Und wir vertrauen IHM, daß ER es auch tut, weil ER es gesagt hat.
Alles easy, paletti, gut!

Totenauferweckung zum Beispiel ist total unlogisch. Tot ist tot. Das sagt Dir jeder Mediziner und natürlich die Logik. Und deshalb probieren wir es schon gar nicht mehr.
Die Logik hat uns fest im Griff.

Logik läßt keine anderen Möglichkeiten mehr zu.

Aber bei Jesus ist es anders.

Er weckt einen Lazarus auf, der schon vier Tage tot ist. Also nix mit „scheintot" und „uuups – der Doc hat sich geirrt". Der Verwesungsprozeß, ein sogenanntes „sicheres Todeszeichen" war schon voll im Gange. Die Bibel sagt uns, „er hatte schon gestunken".

Und den holt Jesus zurück. Stell Dir das mal vor. Als wenn Du den Film rückwärts laufen läßt. Verwesung zurück, Fliegenlarven zurück, Gestank wieder weg, die Pumpe springt wieder an, totes Gehirn → reset und läuft wieder, ohne Hirnschäden.

Lazarus hüpft wieder aus seiner Grabhöhle wie eine Mumie. Eingewickelt in Leichentücher.

Die „Logik" dreht am Rad, schreit auf, schiebt existenzielle Panik, kriegt 1 + 1 nicht mehr zusammen. Fühlt sich übergangen und ignoriert (wurde sie auch ☺) Ein totaler Logik – Zusammenbruch.

Und das nur, weil Jesus in der Gewißheit des Glaubens ruft: „Lazarus komm raus!"

Jesus hat seinen Jüngern gesagt: "Sprich zu dem Berg ..." (erinnerst Du Dich?)
Und so hat er auch kein Problem es selber zu tun.
Er spricht mal eben zu Lazarus ...
und zum Wind und den Wellen und zur Krankheit, zu den Dämonen und und und und und und.
Merkst Du was? Siehst Du was uns heute fehlt?
Let´s do it again!

Bei Jesus ist es logisch. ER weiß um das Reich Gottes und seine Kraft und anderen Gesetzmäßigkeiten. Der Glaube ist nicht irdisch geerdet, sondern himmlisch.

Bei der „himmlischen Logik" ist es klar, wenn Gott, Jesus, der Heilige Geist und der an Jesus gläubige Mensch (Du und ich) etwas im Glauben sagt, dann passierts. Egal wie. Es passiert.

> *„Und Gott sprach:*
> *Es werde Licht!*
> *Und es ward Licht. "*
> 1.Mose 1 / 3

Na klar – logisch!
Gott glaubt was ER sagt und der Glaube bringt Dinge hervor, die es eigentlich noch gar nicht gibt oder nicht geben dürfte.

Ist Dir eigentlich schon mal aufgefallen, daß Gott hier nicht die Sonne macht? Die kommt erst später. Verse 14 bis 19 hat die Sonne, Mond und Sterne ihren großen Auftritt.

Jetzt die Frage: Was war das denn für ein Licht, das Gott in Existenz sprach?
Grübel – Grübel – und studier mal → Das Wort Gottes.

Die Antwort gebe ich Dir vielleicht in einem anderen Buch, das ich vielleicht noch schreiben werde. Bis dahin mußt Du Dich gedulden, oder Jesus um ne Antwort bitten.

> *„Es ist aber der Glaube*
> *eine feste Zuversicht dessen,*
> *was man hofft,*
> *und ein Nichtzweifeln an dem,*
> *was man nicht sieht. ...*

... Durch den Glauben erkennen wir,
daß die Welt durch Gottes Wort geschaffen ist,
daß alles, was man sieht,
aus nichts geworden ist."
Hebräer 11 / 1 + 3

Der Glaube an Jesus ist der Dreh- und Angelpunkt.
Und Glaube hat oft nix mit Logik zu tun.
Wunder sind unlogisch – und doch geschehen sie (Gott sei Dank) millionenfach.
Zum Schluß noch ein paar erlebte Beispiele, wo wir für Menschen in diesem Glauben gebetet hatten, in Kurzform. Die Full – Version findest Du vielleicht im Buch „Apostelgeschichte 29"

Argentinien – ein junger Mann – ein Bandenmitglied – Schießerei – er hat 5 Kugeln in der Wirbelsäule – inoperabel, Rollstuhl, lebenslang querschnittsgelähmt – Gebet – er rennt wieder rum, Rollstuhl ade - mit fünf „Erinnerungs – Kugeln" in der Wirbelsäule, sich für Jesus entschieden – nix Bande mehr.

Brasilien – junge Frau – Krebs Endstadium – nur noch Haut und Knochen und wenige Wochen zu leben – Gebet – ein Jahr später sehen wir sie wieder – eine wunderhübsche, quietschlebendige Frau. Das blühende Leben!

Deutschland – ältere Frau – neurologisches, ein nicht heilbares Problem – ein immer schlechter werdendes Bewegungsprofil – keine Treppen mehr steigen, mühsam mit Rollator, kurz vorm Rollstuhl und Hausumbau – Gebet – rennt die Treppen wieder rauf und runter u.a.

Mallorca – ein junges Mädchen springt aus zweitem Stockwerk – zertrümmerter, pulverisierter Fuß – Rollstuhl für immer – Gebet – läuft wieder ganz normal und gibt jetzt mit ihren Eltern Heilungs – Interviews zur Ehre Jesu.

Das und mehr erleben wir mit Jesus.

Einen ganzen Haufen von solchen Berichten findest Du auf unserer Gemeinde Website unter:

www.jesus-gemeinde.de/aktuelles/heilungsberichte

Warum es nicht immer so passiert, wie wir es uns wünschen? Keine Ahnung. Es ist Gottes Sache. Aber wir arbeiten dran und in der Zwischenzeit tun wir es einfach.

Logik, Verstehen oder Ergebnisse hin oder her!

Ob großes Wunder oder ärgerliches Kopfweh - wir hüpfen vor Freude, jubeln, jauchzen, sind dankbar ohne Ende, ehrfürchtig, anbetend, staunend wegen

Jesus

Ich muß und will Jesus vertrauen. SEINEM Wort. Daß ER sich zur rechten Zeit drum kümmert, ich dazu lerne im Glauben.

„Jesus spricht zu ihr: Habe ich dir nicht gesagt:
Wenn du glaubst,
wirst du die Herrlichkeit Gottes sehen?"
Johannes 11 / 40

„Und Jesus sprach zu dem Hauptmann:
*Geh hin; **dir geschehe, wie du geglaubt hast.***
Und sein Knecht wurde gesund zu derselben Stunde."
Matthäus 8 / 13

„Da wandte sich Jesus um und sah sie und sprach:
Sei getrost, meine Tochter,
dein Glaube hat dir geholfen.
Und die Frau wurde gesund zu derselben Stunde."
Matthäus 9 / 22

„Und Jesus sprach zu ihm:
Geh hin, **dein Glaube hat dir geholfen.**
Und sogleich wurde er sehend
und folgte ihm nach auf dem Wege."
Markus 10 / 52

Die Bibel ist voll davon.
Glaube – Heilungen – Befreiungen – Wunder – mächtige
Demonstrationen Gottes – ohne Ende, ohne Limit.
Alles ist möglich, Logik hin oder her.

„Jesus aber sprach zu ihm: Du sagst: Wenn du kannst! Alle Dinge sind möglich dem, der da glaubt." Markus 9 / 23

Und dem jagen wir nach. Egal, wie unsere persönlichen
Umstände sind. Egal was die Logik oder die „Theologie"
sagt. Egal was die Leute sagen. Mir ist wichtig, was Jesus
sagt. Und ER sagt es ganz deutlich:

„Und er rief seine zwölf Jünger zu sich
und gab ihnen Macht über die unreinen Geister,
daß sie die austrieben
und heilten alle Krankheiten und alle Gebrechen."
Matthäus 10 / 1

„Geht aber und predigt und sprecht:
Das Himmelreich ist nahe herbeigekommen.
Macht Kranke gesund,
weckt Tote auf,
macht Aussätzige rein,
treibt Dämonen aus.
Umsonst habt ihr's empfangen, umsonst gebt es auch.“
Matthäus 10 / 7 + 8

(weitere Bibelstellen zeigen, daß auch andere Nachfolger Jesu diese Vollmacht bekommen hatten, nicht nur die zwölf Apostel. z.B. Lukas 10 / 1; Johannes 14 / 12; ...)

Und das Ganze jetzt nochmal in der personalisierten Form, zum laut Lesen, Proklamieren, ins Hirn und Herz gehend, die Logik etwas ärgernd, aber biblisch richtiger Form:
(das ist jetzt die „Günther – Übersetzung“, gerne darfst Du auch Deinen Namen einsetzen!)

„Und Jesus rief seinen Jünger GÜNTHER zu sich
und gab ihm Macht über die unreinen Geister,
daß GÜNTHER die austriebe
(Yeeah – the real Ghostbuster)
und heile alle Krankheiten und alle Gebrechen.“
(frei nach Matthäus 10 / 1)

„Jesus sagte zu GÜNTHER.
Geh aber und predige und spreche:
Das Himmelreich ist nahe herbeigekommen.
GÜNTHER - Mach Kranke gesund, (Amen!)
GÜNTHER - weck Tote auf, (uuups!)
GÜNTHER - mach Aussätzige rein, (?)
GÜNTHER - treib Dämonen aus. (Yeeepie!)
Umsonst hast du es empfangen,
umsonst gebe es auch weiter.“
(frei nach Matthäus 10 / 7 + 8)

„Wahrlich, wahrlich, GÜNTHER ich sage Dir:
Wenn Du an mich , Jesus, glaubst,
wirst Du, GÜNTHER, die Werke, die ich tue,
auch vollbringen,
ja, GÜNTHER stell Dir vor,
sogar noch größere als diese vollbringen,
weil ich geh zurück zu meinem Vater
und vertraue Dir die Fortführung meines Werkes an."
(frei nach Johannes 14 / 12)

Merkst Du beim Lesen mit Deinem eingesetzten Namen, welchen Drive das Wort auf einmal bekommt? Wie es Dich förmlich mitnimmt?
Du siehst, das kann man mit dem Wort Gottes machen, sollte man machen → persönlich nehmen. Sonst bleibt man leicht außen vor, es betrifft ja die Anderen. Aber so merke ich: ICH BIN GEMEINT!

Und ich erlebe es mehr und mehr, stärker und stärker und es wird ohne Limit sein, weil Jesus es so sagt. SEIN definierter, ERREICHBARER Maßstab ist

ALLES

Bist Du dabei?
Haben wir Dich ein wenig auf den Geschmack gebracht, Jesus mehr zuzutrauen?
Konnten wir Dich aus Deinem bisherigen, manchmal unbefriedigenden, langweiligen Christsein rauslocken?
Motivieren, den Gott der Bibel kennen zu lernen und zu erleben wie nie zuvor?
Die Abenteuerreise Deines Lebens im Glauben endlich zu beginnen oder intensiver fortzusetzen?
Menschen mit der Kraft und dem Wort Gottes, Heilung, Befreiung und Wundern zu dienen?

Es bleibt uns nicht mehr viel Zeit!
JESUS kommt bald wieder. MARANATHA!

Ich hoffe und bete, daß es uns ein Stück weit gelungen ist.

Und dann werden wir eines Tages, wenn wir uns spätestens in der Ewigkeit treffen, an einem himmlischen Lagerfeuer sitzen und uns gegenseitig erzählen, was wir mit Jesus erlebt haben. Unsere Blicke werden immer wieder zu DEM gehen, der mit uns am Lagerfeuer sitzt, liebevoll lächelt und begeistert zuhört, was wir IHM erzählen.
Und ER uns SEINEN Kommentar dazu gibt, uns die geistlichen Hintergründe dazu erklärt, die wir gar nicht sahen oder checkten.
Und uns, mir und Dir, SEINE warme, liebevolle, durchbohrte Hand auf die Schulter legt und sagt:
„Gut gemacht Jungs, Gut gemacht Mädels"

Und dann sind wir am Ziel unserer Reise,
bei unserem geliebten Jesus,
in den Armen unseres himmlischen Vaters
und der uns umgebenden Gegenwart des Heiligen Geistes
in SEINEM ewigen, WUNDER – baren Reich.

Also sagen Andra und ich jetzt mal Tschüß, Servus, Adela, Good Bye, Hasta Pronto!
Wir müssen weiter, es gibt keine Zeit zu verlieren, es gibt für uns noch so viel zu lernen, entdecken und erleben, so viele WUNDER zu sehen und weiterzuerzählen.

Ach ja – und erzähl uns jetzt bitte ja nicht, es gäbe keine

Wunder!

Überlege, bete und schreibe Dir auf, wo Du selbst in Deinem Leben schon Wunder erlebt hast, die Du nach dem Lesen des Buches, als Wunder erkennen kannst.

Nimm Dir vor, und bete dafür, daß Du in einem Monat mindestens 10 Leuten dieses Wunder erzählst, daß Du mit Jesus erlebt hast.

Lies die Apostelgeschichte und stelle fest, wieviele Menschen zum Glauben an Jesus gefunden haben, wegen EINEM Wunder. Du wirst überrascht sein.

Natürlich – Übernatürlich
Die Wiederherstellung der übernatürlichen Gemeinde

In diesen Konferenzen laden wir Gastprediger ein, die zu diesem Thema etwas sagen können und praktische Erfahrungen haben.

Ziel ist es, die Teilnehmer auf Bereiche aus der Bibel aufmerksam zu machen, die vergessen oder unterbelichtet sind oder falsch verstanden wurden. Sie ermutigen, sich mit Zeichen und Wundern der Bibel und der ersten Gemeinde auseinanderzusetzen. Sie werden motiviert, sich mit diesem Thema neu auseinanderzusetzen, das Wort Gottes mit Hilfe des Heiligen Geistes zu studieren, es in die Praxis umzusetzen, das Feuer des Heiligen Geistes zu empfangen und Erfahrungen damit zu machen.

Die Teilnehmer kommen aus Deutschland (claro), verschiedenen Ländern Europas, aber auch aus Südamerika, USA etc., mit verschiedenen Gemeindehintergründen, aber doch meist aus dem freikirchlichen Bereich.

Die Teilnahme ist kostenlos, ohne schriftliche Anmeldung, weiterführende Informationen und Termine sind auf der Homepage der Jesus Gemeinde Bamberg zu finden.

www,jesus-gemeinde.de

Herzlich willkommen!

A warm welcome!   Bienvenidos!

Добро пожаловать!   □□ □□□□□□ □□□□□!

Bem-vindo!   欢迎光临   Üdvözöljük!

Apostelgeschichte 29

Ich habe im Buch erwähnt, daß ich 2015 mein erstes Buch geschrieben habe. Es ist voll von persönlichen Erfahrungen im Bereich Heilungen und Befreiungen. Ziel des Buches ist es, der Kraft Jesu zu vertrauen und zu erwarten, daß ER gemäß seinem Wort, auch heute noch Wunder tut. Hat ER es einmal getan, kann und will ER es wieder tun. Hat ER es für jemand anderes getan, kann und will ER es auch für Dich tun. Gottes Wunder sind für alle, die sich nach IHM ausstrecken.

Günther Kunstmann

Apostelgeschichte 29
Zeichen und Wunder -
sie geschehen doch noch!

Die abenteuerliche Reise in Gottes Dimension
Berichte vom Wirken Jesu heute

Ein Motivations- und Tatsachenbuch

Dieses Buch beschreibt in verständlicher Form, wie Jesus im Leben von Menschen Wunder tut. Und zwar heute noch. Erstaunliche Berichte, die begeistern und motivieren, zum Staunen und Hoffen bringen und den eigenen Glauben an Jesus neu entfachen. Fragen, Argumente, Hinderungsgründe für das übernatürliche Wirken Gottes werden ebenso beleuchtet, wie die einfache Erkenntnis und Aussage:
Jesus ist nichts unmöglich.

Persönliche Erlebnisse und Lebensveränderungen werden Mut machen, die eigenen Situationen in neuem Licht zu sehen und sie in der Kraft Jesu anzupacken und zu verändern.

Das Buch zeigt einfach, daß Wunder nicht aufgehört haben, sondern immer noch geschehen. Auch für Dich! Beschäftige Dich mit Jesus und seinem Wort und Du wirst feststellen, ER hat so viele Wunder getan, alle möglichen und unmöglichen Arten geheilt. Keine Krankheit, keine dämonische Macht war vor IHM sicher. ER hat die Liebe Gottes in Aktion gezeigt.

Das Buch hat 136 Seiten und kostet 9.99 Euro.
Erschienen ist es im BOD-Verlag Norderstedt.
ISBN-Nr: 978-3738636468

Es ist online im BOD-Buchshop erhältlich
(https://www.bod.de/buchshop/catalogsearch/result/?q=apostelgeschichte+29)
oder über andere Online-Händler, z.B. AMAZON, ...

auch als E – Book! ☺

Mit Jesus auf Streife:

Das zweite Buch, daß ich 2018 veröffentlicht habe, trägt den vielversprechenden Titel:

Mit Jesus auf Streife
und was Gebet im Einsatz bewirkt
Erlebnisse aus meinem Polizeidienst

Es behandelt das Verständnis von Glaube und Autorität wie es uns die Bibel zeigt. Wie und wo setze ich die Autorität im Namen Jesus ein. Welche mächtige Verantwortung hat uns Jesus gegeben.
Oft bitten wir Gott, in einer schwierigen Situation etwas zu unternehmen, aber ER handelt anscheinend nicht.
Weil ER es uns übertragen hat. Wir sollen für IHN hier auf der Erde aktiv werden, für IHN.

Das Buch erzählt in unterhaltsamer, aber tiefer Form, wie Jesus auch in über 40-jähriger Dienstzeit eines Polizisten präsent sein kann und Wunder geschehen. Sogenannte Polizei-Dienstliche Wunder.

Was vollmächtiges Gebet bewirken und somit auch polizeiliche Ermittlungen zum Erfolg führen kann.
Erstaunliche Berichte und Erlebnisse, die begeistern und motivieren, zum Staunen, Hoffen und Beten bringen und die eigene Position als Christ und seine Aufgabe in der Gesellschaft neu aktivieren.

Beendete Unfall- und Einbruchserien, aufgeflogene Drogenringe und geschnappte Groß - Dealer, all diese selbst erlebten Dinge des Polizei - Alltages und vieles mehr, werden in diesem Buch erzählt. Zusammenhänge mit biblischen Wahrheiten, praktische Umsetzung im Gebet und die Gefahren von passivem Christ - Sein werden ebenso gezeigt.

Ein Gebetsaufruf für alle Nachfolger von Jesus!
Verändere Deine Stadt durch eingesetzte Autorität des Glaubens.
JESUS ist nichts unmöglich!

Online erhältlich im BOD – Buch -Shop
https://www.bod.de/buchshop/
Paperback, 192 Seiten
ISBN-13: 9783752824346

oder über andere Online-Händler, z.B. AMAZON, …
auch wieder als E – Book! ☺

oder bei anderen Anbietern im Internet erhältlich.

Es gibt diese Bücher auch in Englisch und Spanisch.

Du findest auch mehr dazu auf unserer Gemeinde – Website:
www.jesus-gemeinde.de/aktuelles

Viel Spaß und viele gute Erkenntnisse beim Lesen und erstaunliche Erlebnisse beim Umsetzen!

Noch einmal zum Schluß ein paar Zitate, die mir beim Schreiben eingefallen sind:
(waren vorher ja auch schon ein paar ☺)

WUNDER
sind nicht das Zentrum,
sondern Jesus.

Suche nicht die Wunder selbst,
sondern DEN,
der sie gibt – JESUS.

Jesus zu finden
ist das größte Wunder,
was man selbst erleben kann.

Vergebung der Sünde, Gnade,
angenommen sein
und von Neuem geboren werden,
sind größere Wunder,
als alles, was wir EUCH in diesem
Buch berichtet haben.

Und doch sind WUNDER
die Handschrift Gottes.
Sie gehören zu SEINEM
Liebesbrief an DICH!
Erkenne sie in Deinem Leben.
Große und kleine Wunder!

Und jetzt bleibt mir nur noch zu sagen:

Du wirst Unglaubliches erleben,
das Du eines Tages Deinen Enkeln erzählen kannst.
Oder wenn Du nicht solange warten willst,
erzähle es jedem, bei jeder passenden Gelegenheit.
Zur Ehre Jesus.

Fang an Wunder zu erwarten.
Denn wir haben einen Gott der Wunder
als Herrn und Vater!

Glaub Deiner Logik nicht alles,
sondern dem Wort Gottes.

Und sei ehrlich mit Dir selbst:
Wir wissen noch nicht alles vom Reich Gottes
und müssen und sollten offen sein,
daß uns der Heilige Geist weiterführen kann -
in SEINE Dimension.

Wir beten für Dich lieber Leser, daß Du von Jesus total berührt und ermutigt wirst und Du erstaunliche Erfahrungen und Wunder erlebst.

**Sei gesegnet
im Namen Jesus!**

Günther & Andra Kunstmann
Bamberg, 2024